# ROSARIO CASTELLANOS

# Ciudad Real

punto de lectura

CIUDAD REAL
D.R. © Rosario Castellanos, 1960

 punto de lectura

De esta edición:

D.R. © Punto de Lectura, SA de CV
Universidad 767, colonia del Valle
CP 03100, México, D.F.
Teléfono: 54-20-75-30, ext. 1633 y 1623
www.puntodelectura.com.mx

Primera edición en Punto de Lectura (formato MAXI): octubre 2008

ISBN: 978-970-812-083-8

Diseño de cubierta: Miguel Ángel Muñóz
Formación: Susana Meléndez de la Cruz
Lectura de pruebas: Martha Llorens
Cuidado de la edición: Jorge Solís Arenazas

Impreso en México

ROSARIO CASTELLANOS

# Ciudad Real

*Al Instituto Nacional Indigenista
que trabaja para que cambien
las condiciones de vida de mi pueblo.*

*¿En qué día? ¿En qué luna?*
*¿En qué año sucede lo que aquí se cuenta?*
*Como en los sueños, como en las pesadillas,*
*todo es simultáneo, todo está presente,*
*todo existe hoy.*

# Índice

# La muerte del tigre

La comunidad de los Bolometic estaba integrada por familias de un mismo linaje. Su espíritu protector, su waigel, era el tigre, cuyo nombre fueron dignos de ostentar por su bravura y por su audacia.

Después de las peregrinaciones inmemoriales (huyendo de la costa, del mar y su tentación suicida), los hombres de aquella estirpe vinieron a establecerse en la región montañosa de Chiapas, en un valle rico de prados, arboleda y aguajes. Allí la prosperidad les alzó la frente, los hizo de ánimo soberbio y rapaz. Con frecuencia los Bolometic descendían a cebarse en las posesiones de las tribus próximas.

Cuando la llegada de los blancos, de los caxlanes, el ardor belicoso de los Bolometic se lanzó a la batalla con un ímpetu que —al estrellarse contra el hierro invasor— vino a caer desmoronado. Peor que vencidos, estupefactos, los Bolometic resintieron en su propia carne el rigor de la derrota que antes jamás habían padecido. Fueron despojados, sujetos a cárcel, a esclavitud. Los que lograron huir (la ruindad de su condición les sopló al oído este proyecto, los hizo invisibles a la saña de sus perseguidores para llevarlo al cabo), buscaron refugio en las estribaciones del cerro. Allí se detuvieron a recontar lo que se había rescatado de la catástrofe. Allí iniciaron una vida precaria en la que el recuerdo de las pasadas grandezas fue esfumándose, en la que su historia se convirtió en un manso rescoldo que ninguno era capaz de avivar.

De cuando en cuando los hombres más valientes bajaban a los parajes vecinos para trocar los productos de sus cosechas, para avistar los santuarios, solicitando a las potencias superiores que cesaran de atormentar a su waigel, al tigre, que los brujos oían rugir, herido, en la espesura de los montes. Los Bolometic eran generosos para las ofrendas. Y sin embargo sus ruegos no podían ser atendidos. El tigre aún debía recibir muchas heridas más.

Porque la codicia de los caxlanes no se aplaca ni con la predación ni con los tributos. No duerme. Vela en ellos, en sus hijos, en los hijos de sus hijos. Y los caxlanes avanzaban, despiertos, hollando la tierra con los férreos cascos de sus caballos, derramando, en todo el alrededor, su mirada de gavilán; chasqueando nerviosamente su látigo.

Los Bolometic vieron que se aproximaba la amenaza y no corrieron, como antes, a aprestar un arma que ya no tenían el coraje de esgrimir. Se agruparon, temblorosos de miedo, a examinar su conducta, como si estuvieran a punto de comparecer ante un tribunal exigente y sin apelación. No iban a defenderse, ¿cómo?, si habían olvidado el arte de guerrear y no habían aprendido el de argüir. Iban a humillarse. Pero el corazón del hombre blanco, del ladino, está hecho de una materia que no se ablanda con las súplicas. Y la clemencia luce bien como el morrión que adorna un yelmo de capitán, no como la arenilla que mancha los escritos del amanuense.

—En este papel que habla se consigna la verdad. Y la verdad es que todo este rumbo, con sus laderas buenas para sembrar trigo, con sus pinares que han de talarse para abastecimiento de leña y carbón, con sus ríos que moverán molinos, es propiedad de don Diego Mijangos y Orantes, quien probó su descendencia directa de aquel otro don Diego Mijangos, conquistador, y de los Mijangos que sobrevinieron después, encomenderos. Así es que tú, Sebastián Gómez Escopeta, y tú, Lorenzo Pérez Diezmo, y tú, Juan Domínguez Ventana, o como te llames, estás sobrando, estás usurpando un lugar que no te pertenece y es un delito que la ley persigue. Vamos, vamos, chamulas. Fuera de aquí.

Los siglos de sumisión habían deformado aquella raza. Con prontitud abatieron el rostro en un signo de acatamiento; con docilidad mostraron la espalda en la fuga. Las mujeres iban adelante, cargando los niños y los enseres más indispensables. Los ancianos, con la lentitud de sus pies, las seguían. Y atrás, para proteger la emigración, los hombres.

Jornadas duras, sin meta. Abandonando este sitio por hostil y el otro para no disputárselo a sus dueños. Escasearon los víveres y las provisiones. Aquellos en quienes más cruelmente mordía la necesidad se atrevieron al merodeo nocturno, cerca de las milpas, y aprovechaban la oscuridad para apoderarse de una mazorca en sazón, de la hoja de algunas legumbres. Pero los perros husmeaban la presencia del extraño y ladraban su delación. Los guardianes venían blandiendo su machete y suscitaban tal escándalo que el intruso, aterrorizado, escapaba. Allá iba, famélico, furtivo, con el largo pelo hirsuto y la ropa hecha jirones.

La miseria diezmó a la tribu. Mal guarecida de las intemperies, el frío le echó su vaho letal y fue amortajándola en una neblina blancuzca, espesa. Primero a los niños, que morían sin comprender por qué, con los puñezuelos bien apretados como para guardar la última brizna del calor. Morían los viejos, acurrucados junto a las cenizas del rescoldo, sin una queja. Las mujeres se escondían para morir, con un último gesto de pudor, igual que en los tiempos felices se habían escondido para dar a luz.

Estos fueron los que quedaron atrás, los que ya no alcanzarían a ver su nueva patria. El paraje se instaló en un terraplén alto, tan alto, que partía en dos el corazón del caxlán aunque es tan duro. Batido de ráfagas enemigas; pobre; desdeñado hasta por la vegetación más rastrera y vil, la tierra mostraba la esterilidad de su entraña en grietas profundas. Y el agua, de mala índole, quedaba lejos.

Algunos robaron ovejas preñadas y las pastorearon a hurtadillas. Las mujeres armaban el telar, aguardando el primer esquileo. Otros roturaban la tierra, esta tierra indócil, avara; los demás emprendían viajes para solicitar, en los sitios consagrados a la adoración, la benevolencia divina.

Pero los años llegaban ceñudos y el hambre andaba suelta, de casa en casa, tocando a todas las puertas con su mano huesuda.

Los varones, reunidos en deliberación, decidieron partir. Las esposas renunciaron al último bocado para no entregarles vacía la red del bastimento. Y en la encrucijada donde se apartan los caminos se dijeron adiós.

Andar. Andar. Los bolometic no descansaban en la noche. Sus antorchas se veían, viboreando entre la negrura de los cerros.

Llegaron a Ciudad Real, acezantes. Pegajosa de sudor la ropa desgarrada; las costras de lodo, secas ya de muchos días, se les iban resquebrajando lentamente, dejando al descubierto sus pantorrillas desnudas.

En Ciudad Real los hombres ya no viven según su capricho o su servidumbre a la necesidad. En el trazo de este pueblo de caxlanes predominó la inteligencia. Geométricamente se entrecruzan las calles. Las casas son de una misma estatura, de un homogéneo estilo. Algunas ostentan en sus fachadas escudos nobiliarios. Sus dueños son los descendientes de aquellos hombres aguerridos (los conquistadores, los primeros colonizadores), cuyas hazañas resuenan aún comunicando una vibración heroica a ciertos apellidos: Marín, De la Tovilla, Mazariegos.

Durante los siglos de la colonia y los primeros lustros de la independencia, Ciudad Real fue asiento de la gubernatura de la provincia. Detentó la opulencia y la abundancia del comercio; irradió el foco de la cultura. Pero sólo permaneció siendo la sede de una elevada jerarquía eclesiástica: el obispado.

Porque ya el esplendor de la Ciudad Real pertenecía a la memoria. La ruina le comió primero las entrañas. Gente sin audacia y sin iniciativa, pagada de sus blasones, sumida en la contemplación de su pasado, soltó el bastón del poder político, abandonó las riendas de las empresas mercantiles, cerró el libro de las disciplinas intelectuales. Cercada por un estrecho anillo de comunidades indígenas, sordamente enemigas, Ciudad Real mantuvo siempre con ellas una relación presidida por la injusticia. A la rapiña sistemática correspondía un estado latente de protesta que había culminado varias veces en cruentas sublevaciones. Y cada vez Ciudad Real fue menos capaz de aplacarlas por sí misma. Pueblos vecinos —Comitán y Tuxtla, Chiapas de Corzo— vinieron en auxilio suyo. Hacia ellos emigró la riqueza, la fama, el mando. Ciudad Real no era ya más que un presuntuoso y vacío cascarón, un espantajo eficaz tan sólo para el alma de los indios, tercamente apegada al terror.

Los Bolometic atravesaron las primeras calles entre la tácita desaprobación de los transeúntes que esquivaban, con remilgados gestos, el roce con aquella ofensiva miseria.

Los indios examinaban incomprensiva, insistente y curiosamente, el espectáculo que se ofrecía a su mirada. Las macizas construcciones de los templos los abrumaron como si estuvieran obligados a sostenerlas sobre sus lomos. La exquisitez de los ornamentos —algunas rejas de hierro, el labrado minucioso de algunas piedras— les movía el deseo de aplastarlas. Reían ante la repentina aparición de objetos cuyo uso no acertaban a suponer: abanicos, figuras de porcelana, prendas de encaje. Se extasiaban ante esa muestra que de la habilidad de su trabajo exhibe el fotógrafo: tarjetas postales en las que aparece una melancólica señorita, meditando junto a una columna truncada, mientras en el remoto horizonte muere, melancólicamente también, el sol.

¿Y las personas? ¿Cómo veían a las personas los Bolometic? No advertían la insignificancia de estos hombrecitos, bajos, regordetes, rubicundos, bagazo de una estirpe enérgica y osada. Resplandecía únicamente ante sus ojos el rayo que, en otro tiempo, los aniquiló. Y al través de la fealdad, de la decadencia de ahora, la superstición del vencido aún vislumbraba el signo misterioso de la omnipotencia del dios caxlán.

Las mujeres de Ciudad Real, las "coletas", se deslizaban con su paso menudo, reticente, de paloma; con los ojos bajos, las mejillas arreboladas por la ruda caricia del cierzo. El luto, el silencio, iban con ellas. Y cuando hablaban, hablaban con esa voz de musgo que adormece a los recién nacidos, que consuela a los enfermos, que ayuda a los moribundos. Esa voz de quien mira pasar a los hombres tras una vidriera.

El mercado atrajo a los forasteros con su bullicio. Aquí está el lugar de la abundancia. Aquí el maíz, que sofoca las trojes con su amarillez de oro; aquí las bestias de sangre roja, destazadas, pendiendo de enormes garfios. Las frutas pulposas, suculentas: el durazno con su piel siempre joven; los plátanos vigorosos, machos; la manzana que sabe, en sus filos ácidos, a cuchillo. Y el café de virtudes vehementes, que llama desde lejos al olfato. Y los dulces, barrocos, bautizados con nombres gentilicios y distantes: tartaritas, africanos. Y el pan, con el que dios saluda todas las mañanas a los hombres.

Esto fue lo que vieron los Bolometic y lo vieron con un asombro que ya no era avidez, que desarmaba todo ademán de posesión. Con un asombro religioso.

El gendarme, encargado de vigilar aquella zona, se paseaba distraídamente entre los puestos, canturreando una cancioncilla, espantando, aquí y allá, una mosca. Pero cuando advirtió la presencia de esos vagabundos andrajosos (estaba acostumbrado a verlos pero aislados, no en grupo y sin capataz ladino como ahora), adoptó automáticamente una actitud de celo. Empuñó con más fuerza el garrote, dispuesto a utilizarlo a la primera tentativa de robo o de violación a ese extenso y nebuloso inciso de la ley, que jamás había leído, pero cuya existencia sospechaba: perturbaciones del orden público. Sin embargo, los Bolometic parecían tener intenciones pacíficas. Se habían alejado de los puestos para ir a buscar un sitio vacío en las gradas de la iglesia de la Merced. Encuclillados, los indios se espulgaban pacientemente y comían los piojos. El gendarme los observaba a distancia, complacido, porque el desprecio estaba de su parte.

Un señor, que rondaba en torno de los Bolometic, se decidió, por fin, a abordarlos. Rechoncho, calvo, animado por una falsa jovialidad, les dijo en su dialecto:

—¿Yday, chamulas? ¿Están buscando colocación?

Los Bolometic cruzaron entre sí rápidas y recelosas miradas. Cada uno descargó en el otro la responsabilidad de contestar. Por último el que parecía más respetable (y era más respetado por sus años y porque había hecho un viaje anterior a Ciudad Real), preguntó:

—¿Acaso tú puedes darnos trabajo? ¿Acaso eres enganchador?

—Precisamente. Y tengo fama de equitativo. Me llamo Juvencio Ortiz.

—Ah, sí. Don Juvencio.

El comentario era, más que eco de la fama, seña de cortesía. El silencio se extendió entre los interlocutores como una mancha. Don Juvencio tamborileaba sobre la curva de su abdomen, a la altura del botón del chaleco donde debería enroscarse la leontina de oro. Comprobar que no era propietario aún de ninguna leontina, le hizo hincar espuelas a la conversación.

—¿Entonces qué? ¿Hacemos trato?

Pero los indios no tenían prisa. Nunca hay prisa de caer en la trampa.

—Bajamos de nuestro paraje. Hay escasez allá, patrón. No se quieren dar las cosechas.

—Más a mi favor, chamula. Vamos al despacho para ultimar los detalles.

Don Juvencio echó a andar, seguro de que los indios lo seguirían. Hipnotizados por esta seguridad, los Bolometic fueron tras él.

Lo que don Juvencio llamaba, con tanta pompa, su despacho, no era más que un cuchitril, un cuarto redondo en una de las calles paralelas a la del mercado. El moblaje los constituían dos mesas de ocote (en más de una ocasión las astillas de su mal pulida superficie habían rasgado las mangas de los únicos trajes de don Juvencio y de su socio), un estante repleto de papeles y dos sillas de inseguras patas. En una de ellas, posado con una provisionalidad de pájaro, estaba el socio de don Juvencio: un largo perfil, protegido por una visera de celuloide verde. Graznó cuando tuvo ante sí a los recién venidos.

—¿Qué trae usted de bueno, don Juvencio?

—Lo que se pudo conseguir, mi estimado. La competencia es dura. Enganchadores con menos méritos —¡yo tengo título de abogado, expedido por la Escuela de Leyes de Ciudad Real!— y con menos experiencia que yo, me arrebatan los clientes.

—Usan otros métodos. Usted nunca ha querido recurrir al alcohol. Un indio borracho ya no se da cuenta ni de lo que hace ni de a lo que se compromete. Pero con tal de ahorrar lo del trago...

—No es eso. Es que aprovecharse de la inconsciencia de estos infelices es, como dice Su Ilustrísima, don Manuel Oropeza, una bribonada.

El socio de don Juvencio mostró los dientes en una risita maligna.

—Pues así nos va con sus ideas. Usted era el que afirmaba que todo podía faltar en este mundo pero que siempre sobrarían indios. Ya lo estamos viendo. Las fincas que nos encargaron sus intereses corren el riesgo de perder sus cosechas por falta de mano de obra.

—Es de sabios cambiar de opinión, mi querido socio. Yo también decía... pero, en fin, ahora no hay por qué quejarse. Ahí los tiene usted.

Don Juvencio hizo el ampuloso además con que el prestidigitador descorre el velo de las sorpresas. Pero el sentido de apreciación de su socio permaneció insobornable.

—¿Esos?

Don Juvencio se vio en el penoso deber de impostar la voz.

—¡Esos! ¡Con qué tono lo dice usted, señor mío! ¿Qué tacha puede ponérseles?

El socio de don Juvencio se encogió de hombros.

—Están con el zopilote en l'anca, como quien dice. No van a aguantar el clima de la costa. Y como usted es tan escrupuloso...

Don Juvencio se aproximó a su socio, enarbolando un dedo humorísticamente amenazante.

—¡Ah, mañosón! Si bien hacen en llamarle ave de mal agüero. Pero tenga presente, mi estimado, aquel refrán que aconseja no meterse en lo que a uno no le importa. ¿Es acaso responsabilidad nuestra que estos indios aguanten o no el clima? Nuestra obligación consiste en que comparezcan vivos ante el dueño de la finca. Lo que suceda después ya no nos incumbe.

Y para evitar nuevas disquisiciones fue al estante y apartó un fajo de papeles. Después de entregarlos a su socio, don Juvencio se volvió a los Bolometic, conminándolos:

—A ver, chamulas, pónganse en fila. Pasen, uno por uno, ante la mesa del señor y contesten lo que les pregunte. Sin decir mentira, chamulas, porque el señor es brujo y los puede dañar. ¿Saben para qué se pone esa visera? Para no lastimarlos con la fuerza de su vista.

Los Bolometic escucharon esta amonestación con creciente angustia. ¿Cómo iban a poder seguir ocultando su nombre verdadero? Lo entregaron, pusieron a su waigel, al tigre herido, bajo la potestad de estas manos manchadas de tinta.

—Pablo Gómez Bolom.

—Daniel Hernández Bolom.

—José Domínguez Bolom.

El socio de don Juvencio taladraba a los indios con una inútil suspicacia. Como de costumbre, estaban tomándole el pelo. Después, cuando se escapaban de las fincas sin satisfacer sus deudas, nadie podía localizarlos porque el paraje al que habían declarado pertenecer no existía y los hombres que dieron como suyos eran falsos.

¡Pero no, por la santísima virgen de la caridad, ya basta! El socio de don Juvencio dio un manotazo sobre la mesa, dispuesto a reclamar. Sólo que sus conocimientos de la lengua indígena no eran suficientes como para permitirle ensarzarse en una discusión. Refunfuñando, apuntó:

—¡Bolom! Ya te voy a dar tu bolom para que aprendáis. A ver, el que sigue.

Cuando hubo terminado notificó a don Juvencio.

—Son cuarenta. ¿A cuál finca los vamos a mandar?

—Le taparemos la boca a don Federico Werner, que es el que más nos apremia. Apunte usted: Finca cafetera "El Suspiro", Tapachula.

Mientras escribía, con los ojos protegidos por la visera verde, el socio de don Juvencio hurgó en la llaga:

—No son suficientes.

—¿Qué no son suficientes? ¿Cuarenta indios para levantar la cosecha de café de una finca, peor es nada, no son suficientes?

—No van a llegar los cuarenta. No aguantan ni el viaje.

Y el socio de don Juvencio dio vuelta a la página, satisfecho de tener razón.

Con el anticipo que recibieron, los Bolometic iniciaron la caminata. Conforme iban dejando atrás la fiereza de la serranía, un aire tibio, moroso, los envolvió, quebrando la rigidez de su ascetismo. Venteaban, en este aire endulzado de confusos aromas, la delicia.

Y se sobresaltaban, como el sabueso cuando le dan a perseguir una presa desconocida.

La altura, al desampararlos tan bruscamente, les reventó los tímpanos. Dolían, supuraban. Cuando los Bolometic llegaron al mar creyeron que aquel gran furor era mudo.

La única presencia que no se apartó fue la del frío. No abandonaba este reducto del que siempre había sido dueño. A diario, a la misma hora, aunque el sol de los trópicos derritiera las piedras, el frío se desenroscaba en forma de culebra repugnante y recorría el cuerpo de los Bolometic, trabando sus quijadas, sus miembros, en un terrible temblor. Después de su visita, el cuerpo de los Bolometic quedaba como amortecido, se iba encogiendo, poco a poco, para caber en la tumba.

Los sobrevivientes de aquel verano no pudieron regresar. Las deudas añadían un eslabón a otro, los encadenaban. En la cicatriz del tímpano resonaba, cada vez más débilmente, la voz de sus mujeres, llamándolos, la voz de sus hijos, extinguiéndose.

Del tigre en el monte nada se volvió a saber.

# La tregua

Rominka Pérez Taquibequet, del paraje de Mukenjá, iba con su cántaro retumbante de agua recién cogida. Mujer como las otras de su tribu, piedra sin edad; silenciosa, rígida para mantener en equilibrio el peso de la carga. A cada oscilación de su cuerpo —que ascendía la empinada vereda del arroyo al jacal— el golpeteo de la sangre martilleaba sus sienes, la punta de sus dedos. Fatiga. Y un vaho de enfermedad, de delirio, ensombreciendo sus ojos. Eran las dos de la tarde.

En un recodo, sin ruidos que anunciaran su presencia apareció un hombre. Sus botas estaban salpicadas de barro, su camisa sucia, hecha jirones; su barba crecida de semanas.

Rominka se detuvo ante él, paralizada de sorpresa. Por la blancura (¿o era una extrema palidez?) de su rostro, bien se conocía que el extraño era un caxlán. ¿Pero por cuáles caminos llegó? ¿Qué buscaba en sitio tan remoto? Ahora, con sus manos largas y finas, en las que se había ensañado la intemperie, hacía ademanes que Rominka no lograba interpretar. Y a las tímidas, pero insistentes preguntas de ella, el intruso respondía no con palabras, sino con un doloroso estertor.

El viento de las alturas huía graznando lúgubremente. Un sol desteñido, frío, asaeteaba aquella colina estéril. Ni una nube. Abajo, el gorgoriteo pueril del agua. Y allí los dos, inmóviles, con esa gravedad angustiosa de los malos sueños.

Rominka estaba educada para saberlo. El que camina sobre una tierra prestada, ajena; el que respira está robando el aire. Porque las cosas (todas las cosas; las que vemos y también aquellas de que nos servimos), no nos pertenecen. Tienen otro dueño. Y el dueño castiga cuando alguno se apropia de un lugar, de un árbol, hasta de un nombre.

El dueño —nadie sabría cómo invocarlo si los brujos no hubiesen compartido sus revelaciones—, el pukuj, es un espíritu. Invisible, va y viene, escuchando los deseos en el corazón del hombre. Y cuando quiere hacer daño vuelve el corazón de unos contra otros, tuerce las amistades, enciende la guerra. O seca las entrañas de las paridoras, de las que crían. O dice hambre y no hay bocado que no se vuelva ceniza en la boca del hambriento.

Antes, cuentan los ancianos memoriosos, unos hombres malcontentos con la sujeción a que el pukuj los sometía, idearon el modo de arrebatarle su fuerza. En una red juntaron los tributos: pozol, semillas, huevos. Los depositaron a la entrada de la cueva donde el pukuj duerme. Y cerca de los bastimentos quedó un garrafón de posh, de aguardiente.

Cuando el pukuj cayó dormido, con los miembros flojos por la borrachera, los hombres se abalanzaron sobre él y lo ataron de pies y manos con gruesas sogas. Los alaridos del prisionero hacían temblar la raíz de los montes. Amenazas, promesas, nada le consiguió la libertad. Hasta que uno de los guardianes (por temor, por respeto ¿quién sabe?) cortó las ligaduras. Desde

entonces el pukuj anda suelto y, ya en figura de animal, ya en vestido de ladino, se aparece. Ay de quien
lo encuentra. Queda marcado ante la faz de la tribu y
para siempre. En las manos temblorosas, incapaces de
asir los objetos; en las mejillas exangües; en el extravío
perpetuamente sobresaltado de los ojos conocen los
demás su tremenda aventura. Se unen en torno suyo
para defenderlo, sus familiares, sus amigos. Es inútil.
A la vista de todos el señalado vuelve la espalda a la
cordura, a la vida. Despojos del pukuj son los cadáve-
res de niños y jóvenes. Son los locos.

Pero Rominka no quería morir, no quería enlo-
quecer. Los hijos, aún balbucientes, la reclamaban. El
marido la quería. Y su propia carne, no importaba si
marchita, si enferma, pero viva, se estremecía de terror ante la amenaza.

De nada sirve, Rominka lo sabía demasiado bien,
de nada sirve huir. El pukuj está aquí y allá y ninguna sombra nos oculta de su persecución. ¿Pero si nos
acogiésemos a su clemencia?

La mujer cayó de rodillas. Después de colocar el
cántaro en el suelo, suplicaba:

—¡Dueño del monte, apiádate de mí!

No se atrevía a escrutar la expresión del aparecido.
Pero suponiéndola hostil insistía febrilmente en sus ruegos. Y poco a poco, sin que ella misma acertara a comprender por qué, de los ruegos fue resbalando a las con-
fesiones. Lo que no había dicho a nadie, ni a sí misma,
brotaba ahora como el chorro de pus de un tumor expri-
mido. Odios que devastaban su alma, consentimientos
cobardes, lujurias secretas, hurtos tenazmente nega-
dos. Y entonces Rominka supo el motivo por el que

ella, entre todos, había sido elegida para aplacar con su humillación el hambre de verdad de los dioses. El idioma salía de sus labios, como debe salir de todo labio humano, enrojecido de vergüenza. Y Rominka, al arrancarse la costra de sus pecados, lloraba. Porque duele quedar desnudo. Pero al precio de este dolor estaba comprando la voluntad del aparecido, del dueño de los montes, del pukuj, para que volviera a habitar en las cuevas, para que no viniera a perturbar la vida de la gente.

Sin embargo, alguna cosa faltó. Porque el pukuj, no conforme con lo que se le había dado, empujó brutalmente a Rominka. Ella, con un chillido de angustia y escudándose en el cántaro, corrió hacia el caserío suscitando un revoloteo de gallinas, una algarabía de perros, la alarma en los niños.

A corta distancia la seguía el hombre, jadeante, casi a punto de sucumbir por el esfuerzo. Agitaba en el aire sus manos, decía algo. Un grito más. Y Rominka se desplomó a las puertas de su casa. El agua escurría del cántaro volcado. Y antes de que la lamieran los perros y antes de que la embebiera la tierra, el hombre se dejó caer de bruces sobre el charco. Porque tenía sed.

Las mujeres se habían retirado al fondo del jacal, apretando contra su pecho a las criaturas. Un chiquillo corrió a la milpa para llamar a los varones.

No todos estaban allí. El surco sobre el que se inclinaban era pobre. Agotado de dar todo lo que su pobre entraña tenía, ahora entregaba sólo mazorcas despreciables, granos sin sustancia. Por eso muchos indios empezaron a buscar por otro lado su sustento.

Contraviniendo las costumbres propias y las leyes de los ladinos, los varones del paraje de Mukenjá destilaban clandestinamente alcohol.

Pasó tiempo antes de que las autoridades lo advirtieran. Nadie les daba cuenta de los accidentes que sufrían los destiladores al estallar el alambique dentro del jacal. Un silencio cómplice amortiguaba las catástrofes. Y los heridos se perdían, aullando de dolor, en el monte.

Pero los comerciantes, los custitaleros establecidos en la cabecera del municipio de Chamula, notaron pronto que algo anormal sucedía. Sus existencias de aguardiente no se agotaban con la misma rapidez que antes y se daba ya el caso de que los garrafones se almacenasen durante meses y meses en las bodegas. ¿Es que los indios se habían vuelto repentinamente abstemios? La idea era absurda. ¿Cómo iban a celebrar sus fiestas religiosas, sus ceremonias civiles, los acontecimientos de su vida familiar? El alcohol es imprescindible en los ritos. Y los ritos continuaban siendo observados con exacta minuciosidad. Las mujeres aún continuaban destetando a sus hijos dándoles a chupar un trapo empapado de posh.

Con su doble celo de autoridad que no tolera burlas y de expendedor de aguardiente que no admite perjuicios, el secretario municipal de Chamula, Rodolfo López, ordenó que se iniciaran las pesquisas. Las encabezaba él mismo. Imponer multas, como la ley prescribía, le pareció una medida ineficaz. Se estaba tratando con indios, no con gente de razón, y el escarmiento debía ser riguroso. Para que aprendan, dijo.

Recorrieron infructuosamente gran parte de la zona. A cada resbalón de su mula en aquellos pedregales, el secretario municipal iba acumulando más cólera dentro de sí. Y a cada aguacero que le calaba los huesos. Y a cada lodazal en el que se enfangaba.

Cuando al fin dio con los culpables, en Mukenjá, Rodolfo López temblaba de tal manera que no podía articular claramente la condena. Los subordinados creyeron haber entendido mal. Pero el secretario hablaba no pensando en sus responsabilidades ni en el juicio de sus superiores; estaban demasiado lejos, no iban a fijarse en asuntos de tan poca importancia. La certeza de su impunidad había cebado a su venganza. Y ahora la venganza lo devoraba a él también. Su carne, su sangre, su ánimo, no eran suficientes ya para soportar el ansia de destrucción, de castigo. A señas repetía sus instrucciones a los subordinados. Tal vez lo que mandó no fue incendiar los jacales. Pero cuando la paja comenzó a arder y las paredes crujieron y quienes estaban adentro quisieron huir, Rodolfo López los obligó a regresar a culatazos. Y respiró, con el ansia del que ha estado a punto de asfixiarse, el humo de la carne achicharrada.

El suceso tuvo lugar a la vista de todos. Todos oyeron los alaridos, el crepitar de la materia al ceder a un elemento más ávido, más poderoso. El secretario municipal se retiró de aquel paraje seguro de que el ejemplo trabajaría las conciencias. Y de que cada vez que la necesidad les presentara una tentación de clandestinaje, la rechazarían con horror.

El secretario municipal se equivocó. Apenas unos meses después la demanda de alcohol en su tienda había vuelto a disminuir. Con un gesto de resignación envió agentes fiscales a practicar las averiguaciones.

Los enviados no se entretuvieron en tanteos. Fueron directamente a Mukenjá. Encontraron pequeñas fábricas y las decomisaron. Esta vez no hubo muertes. Les bastó robar. Aquí y en otros parajes. Porque la crueldad parecía multiplicar a los culpables, cuyo ánimo envilecido por la desgracia se entregaba al castigo con una especie de fascinación.

Cuando el niño terminó de hablar (estaba sin aliento por la carrera y por la importancia de la noticia que iba a transmitir), los varones de Mukenjá se miraron entre sí desconcertados. A cerros tan inaccesibles como éste, sólo podía llegar un ser dotado de los poderes sobrenaturales del pukuj o de la saña, de la precisión para caer sobre su presa de un fiscal.

Cualquiera de las dos posibilidades era ineluctable y tratar de evadirla o de aplazarla con un intento de fuga era un esfuerzo malgastado. Los varones de Mukenjá afrontaron la situación sin pensar siquiera en sus instrumentos de labranza como en armas defensivas. Inermes, fueron de regreso al caserío.

El caxlán estaba allí, de bruces aún, con la cara mojada. No dormía. Pero un ronquido de agonizante estrangulaba su respiración. Quiso ponerse de pie al advertir la proximidad de los indios, pero no pudo incorporarse más que a medias, ni pudo mantenerse en esta postura. Su mejilla chocó sordamente contra el lodo.

El espectáculo de la debilidad ajena puso fuera de sí a los indios. Venían preparados para sufrir la violencia y el alivio de no encontrar una amenaza fue pronto sustituido por la cólera, una cólera irracional, que quería encontrar en los actos su cauce y su justificación.

Barajustados, los varones se movían de un sitio a otro inquiriendo detalles sobre la llegada del desconocido. Rominka relató su encuentro con él. Era un relato incoherente en que la repetición de la palabra pukuj y las lágrimas y la suma angustia de la narradora, dieron a aquel frenesí, todavía amorfo, un molde en el cual vaciarse.

Pukuj. Por la mala influencia de éste que yacía aquí, a sus pies, las cosechas no eran nunca suficientes, los brujos comían a los rebaños, las enfermedades no los perdonaban. En vano los indios habían intentado congraciarse con su potencia oscura por medio de ofrendas y sacrificios. El pukuj continuaba escogiendo sus víctimas. Y ahora, empujado por quién sabe qué necesidad, por quién sabe qué codicia, había abandonado su madriguera y, disfrazado de ladino, andaba las serranías, atajaba a los caminantes.

Uno de los ancianos se aproximó a él. Preguntaba al caído cuál era la causa de su sufrimiento y qué vino a exigirles. El caído no contestó.

Los varones requirieron lo que hallaron más a mano para el ataque: garrotes, piedras, machetes. Una mujer, con un incensario humeante, dio varias vueltas alrededor del caído, trazando un círculo mágico que ya no podía trasponer.

Entonces la furia se desencadenó. Garrote que golpea, piedra que machaca el cráneo, machete que cercena los miembros. Las mujeres gritaban, detrás de la pared de los jacales, enardeciendo a los varones para que consumaran su obra criminal.

Cuando todo hubo concluido los perros se acercaron a lamer la sangre derramada. Más tarde bajaron los zopilotes.

El frenesí se prolongó artificialmente en la embriaguez. Alta la noche, aún resonaba por los cerros un griterío lúgubre.

Al día siguiente todos retornaron a sus faenas de costumbre. Un poco de resequedad en la boca, de languidez en los músculos, de torpeza en la lengua, fue el único recuerdo de los acontecimientos del día anterior. Y la sensación de haberse liberado de un maleficio, de haberse descargado de un peso insoportable.

Pero la tregua no fue duradera. Nuevos espíritus malignos infestaron el aire. Y las cosechas de Mukenjá fueron ese año tan escasas como antes. Los brujos, comedores de bestias, comedores de hombres, exigían su alimento. Las enfermedades también los diezmaban. Era preciso volver a matar.

# Aceite guapo

Cuando cavaba los agujeros para sembrar el maíz en las laderas de Yalcuc, Daniel Castellanos Lampoy se detuvo, fatigado. Ahora el cansancio ya no lo abandonaba. Sus fuerzas habían disminuido y las tareas quedaban, como ahora, sin terminar.

Reclinado contra un árbol, Daniel se quejaba, predecía amargamente otros años de escasez y malas cosechas, inventaba disculpas para satisfacer al dueño del terreno con quien seguiría en deuda. Pero no se detenía en la causa más inmediata de sus desgracias: había envejecido.

Tardó en darse cuenta. ¿Cómo iba a advertir el paso del tiempo si su transcurso no le había dejado nada? Ni una familia, que se disgregó con la muerte de la mujer; ni el fruto de su trabajo, ni un sitio de honor entre la gente de su tribu. Daniel estaba ahora como al principio: con las manos vacías. Pero tuvo que admitir que era viejo porque se lo probaron las miradas torvas de sospecha, rápidas de alarma, pesadas de desaprobación de los demás.

Daniel sabía lo que significaban esas miradas: él mismo, en épocas anteriores, había mirado así a otros. Significaban que un hombre, si a tal edad ha sido respetado por la muerte, es porque ha hecho un pacto con las potencias oscuras, porque ha consentido en volverse el espía y el ejecutor de sus intenciones, cuando son malignas.

Un anciano no es lo mismo que un brujo. No es un hombre que conoce cómo se producen y cómo se evitan los daños; no es una voluntad que se inclina al soborno de quienes la solicitan ni una ciencia que se vende a un precio convenido. Tampoco es un signo que se trueca a veces en su contrario y puede resultar beneficioso.

No, un anciano es el mal y nadie debe acercársele en busca de compasión porque es inútil. Basta que se siente a la orilla de los caminos, a la puerta de su casa, para que lo que contempla se transforme en erial, en ruina, en muerte. No valen súplicas ni regalos. Su presencia sola es dañina. Hay que alejarse de él, evitarlo; dejar que se consuma de hambre y necesidad, acechar en la sombra para poner fin a su vida con un machetazo, incitar a la multitud para su lapidación.

La familia del anciano, si la tiene, no osa defenderlo. Ella misma está embargada de temor y ansía acabar de una vez con las angustias y los riesgos que trae consigo el contacto con lo sobrenatural.

Daniel Castellanos Lampoy comprendió, de golpe, cuál era el futuro que le aguardaba. Y tuvo miedo. Por las noches el sueño no descendía a sus ojos, tenazmente abiertos al horror de su situación y a la urgencia de hallar una salida.

Insensiblemente Daniel se apartó de todos; ya no asistía a la plaza en los días de mercado porque temía encontrarse con alguien que después atribuyera a ese encuentro un tropezón en el camino, un malestar súbito, la pérdida de un animal del rebaño.

Pero ese mismo apartamiento terminaría por hacerlo sospechoso. ¿A qué se encerraba? Seguramente a fraguar la enfermedad, el quebranto, el infortunio que luego padecerían los otros.

No es fácil borrar el estigma de la vejez. La gente recuerda: cuando yo era niño, Daniel Castellanos Lampoy ya era un hombre de respeto. Ahora el hombre de respeto soy yo. ¿Cuántos años han tenido que pasar?

No importa la cuenta. Lo que importa son los surcos de la piel, el encorvamiento de la espalda, la debilidad del cuerpo, las canas, cuya misma rareza son un signo más de predestinación. Y esas pupilas cuya opacidad oculta una virtud aniquiladora.

¿Dónde refugiarse contra la persecución sorda, implacable de la tribu? Instintivamente Daniel pensó en la iglesia: junto al altar de las divinidades protectoras nadie se atrevería a acercarse para rematarlo.

Sí, lo que Daniel necesitaba era convertirse en "martoma", en mayordomo de algún santo de la iglesia de San Juan, en Chamula.

Para lograr su propósito iba a encontrar dificultades y esto no lo ignoraba Daniel. ¿Qué méritos podía aducir delante de los principales? En sus antecedentes no había un solo cargo, ni siquiera civil, mucho menos religioso. No podía ostentar un título de "pasada autoridad" y además ahora había sido ya marcado por la decrepitud. Y sin embargo, Daniel tenía que convencer a todos con el calor de sus alegatos, la humildad de sus ruegos, la abundancia de sus dádivas.

Pero Daniel no era elocuente. Hacía años, los años de la viudez, de la ausencia de los hijos, de la soledad, que no hablaba con nadie. Había ido olvidando lo que significaban las palabras y ya no atinaba con el nombre de muchos objetos. Para hilvanar una frase buscaba arduamente las concordancias y no lograba expresarse con claridad ni con fluidez. Al sentir fija en él la atención de sus interlocutores un golpe repentino de sangre le sobrevenía a la garganta y se precipitaba a terminar en un tartamudeo penoso. ¿Cómo iba a presentarse a la asamblea y de qué manera iba a defender su ambición? La única posibilidad de éxito que le restaba era el soborno.

Daniel Castellanos Lampoy desenterró la olla de su dinero para contarlo. Con incredulidad pasaba y repasaba las monedas entre sus dedos; siempre había tenido la certidumbre de que eran más y ahora, al verlas tan pocas y tan sin valor, no salía de su asombro.

Por fin tomó un camino conocido: el de la hacienda "El Rosario", de la que era peón acasillado.

Don Gonzalo Urbina lo vio acercarse con desconfianza y antes de que empezara a exponer el motivo de su visita se adelantó a reclamarle el atraso de sus pagos. Daniel tuvo que conformarse con aplacar las exigencias del caxlán, con prometer mayor puntualidad en el futuro, pero ya no tuvo ocasión de pedir el empréstito que tanta falta le hacía.

Don Gonzalo escuchaba las protestas de Daniel con un gesto de severidad fingido. En el fondo estaba contento. Desde el principio olfateó lo del préstamo y con una argucia lo había evitado. Le daba lástima este pobre indio que no tenía siquiera un petate en que caerse muerto y cuyos hijos se negaban, desde hacía años, a reconocer las deudas que contrajera. Le daba lástima, ¿pero dónde iba a ir a parar su negocio si se ponía a hacer favores? Primero es la obligación y luego la devoción, qué caray.

Daniel regresó a su jacal, desalentado. ¿A quién iba a recurrir ahora? Pensó en los enganchadores de Ciudad Real, pero desechó pronto esa idea. Ningún enganchador iba a admitir para las fincas un hombre en sus condiciones. Tres años antes, cuando quiso irse a la costa para juntar algunos centavos, lo rechazaron porque querían hombres más jóvenes, más resistentes para los rigores del clima y la fuerza del trabajo.

Pero lo que el día le ocultaba se lo mostró el insomnio: un plan que iba a proponerle a don Juvencio Ortiz.

Don Juvencio, el enganchador, tenía a Daniel Castellanos en buen predicamento porque nunca le había quedado mal. Dinero había sudado para él en las fincas, antes, cuando no era viejo; recomendaciones favorables había traído de los patrones. Don Juvencio daría crédito a sus palabras, lo engañaría con la promesa de que el enganchado no era él sino uno de sus hijos... o quizá los dos. Pediría el anticipo y se fugaría. ¿Quién iba a encontrarlo si se marchaba de su paraje? Además nadie tendría interés en buscarlo a él sino a sus hijos, que eran los del compromiso, y de quienes llevaría el retrato. Si los encontraban los fiscales y los obligaban a irse a las fincas, Daniel estaría contento. Justo castigo al abandono en que lo mantuvieron durante tantos años; justo castigo a su ingratitud, a la dureza de su corazón.

Don Juvencio no desconfió de las razones de Daniel. Se acordaba de este indio que en sus buenos tiempos fue un peón cumplido; conocía también a sus hijos, pero algo le hacía rascarse meditativamente la barbilla. ¿No había oído decir que estaban distanciados del padre? Daniel negó con vehemencia. La prueba de lo contrario la traía él en los retratos y en el encargo que le hicieron para que arreglara sus asuntos con el enganchador y para que recogiera los anticipos. No de uno, sino de los dos, insistía Daniel.

—¿Sabes lo que te pasará si me estás echando mentira, chamulita?

Daniel asintió; sabía que don Juvencio estaba en poder de su nombre verdadero, de su chulel y del waigel de su tribu. Tembló un instante, pero luego se repuso. Junto a los altares de San Juan ya no lo amenazaría ningún riesgo.

Don Juvencio Ortiz terminó por aceptar apuntando los nombres de los hijos de Daniel en sus libros. Entregó el dinero al anciano quien se puso en camino directamente a Chamula.

Allí se informó de los trámites que era necesario seguir para alcanzar el nombramiento de "martoma". Habló con el sacristán del templo, Xaw Ramírez Paciencia, asistió a las deliberaciones públicas de los principales y, en su oportunidad, hizo sonar las monedas que traía.

Los demás lo miraban con un destello de burla. ¿Cómo había crecido en un hombre ya doblado por la edad, ambición tan extemporánea? Pobre viejo; quizá ésta sería su última satisfacción.

Mientras tanto, Daniel ponía en práctica las argucias que su malicia le aconsejaba. Se había vuelto más madrugador de lo que solía. Cuando el sacristán, soñoliento y desgreñado, bajaba de las torres con sus enormes llaves para abrir las puertas de la iglesia, encontraba a Daniel ya aguardándolo. Entraba en su seguimiento y permanecía horas y horas de rodillas ante cualquier imagen, rezando confusamente en alta voz.

Hizo Daniel tantos aspavientos de devoto que eso y la esperanza de la recompensa que de él recibirían, determinaron a los principales a obrar a favor del anciano. Se le concedió la dignidad de mayordomo de Santa Margarita.

Ahora Daniel ya tenía, por fin, delante de quién arrodillarse, a quién hacer objeto de sus cuidados y sus atenciones más esmeradas. Ya tenía, por fin, con quién hablar.

El miedo, que lo había empujado violentamente a los pies de la santa, cedió, poco a poco, su lugar al amor. Daniel se enamoró de la que sería su última patrona.

Se extasiaba durante horas ante esa figura casi invisible entre el amontonamiento de trapos que la envolvían. Hizo un viaje a Jobel para comprarle piezas de chillonas telas floreadas, espejitos con marco de celuloide, velas de cera fina, puñados de incienso. Y del monte le traía sartales de flores.

A la ceremonia del cambio de ropa de la santa, Daniel invitó a los otros mayordomos. Asistieron y se sentaron enfrente del altar, en un espacio bien barrido y regado de juncia y con el garrafón de trago al alcance de su mano.

Con un respeto tembloroso Daniel desabrochó los alfileres que sujetaban la tela y empezó a desenrollarla. Cuidadosamente dobló el primer lienzo. Entonces los mayordomos llenaron de alcohol una jícara y bebieron. Cuando el segundo lienzo estuvo doblado repitieron su libación y lo mismo sucedió con los lienzos siguientes. Al fin la santa resplandeció de desnudez, pero ninguno fue capaz de contemplarla porque todos habían sido cegados por la borrachera.

Los lienzos sucios fueron cambiados por otros nuevos y llevados al arroyo. Allí tuvo lugar la ceremonia que purificaría los manantiales y a la cual asistieron, con el garrafón de trago, todos los mayordomos. Mientras Daniel lavaba, los otros aguardaban el momento en que iban a ser convidados a tomar el agua jabonosa que había lavado la ropa de Santa Margarita. Para quitarse el mal sabor y ayudar a su deglución recurrirían al aguardiente. La borrachera era parte del ritual y todos se entregaban a ella sin remordimientos, con la satisfacción de quien cumple un deber.

Daniel volvía en sí después de estas celebraciones y le sobrecogía una gran congoja. ¿Cuánto tiempo le quedaba junto a la sombra protectora de Santa Margarita? Al terminar el plazo de su mayordomía iba a volver a la intemperie, a los peligros de afuera. Y no se sentía con ánimos para afrontar la situación. Estaba muy viejo ¡y tan cansado!

Mientras tanto seguía acudiendo a la iglesia antes que ningún otro. Xaw Ramírez Paciencia, el sacristán, lo observaba desde el bautisterio, intrigado. ¿Cuántas horas va a soportar así, de rodillas? ¿Y qué hace? ¿Reza? Se le ve mover los labios. Pero ni aun aproximándose se entenderían sus palabras. No parece un verdadero tzotzil. Los tzotziles rezan de otro modo.

Las palabras de Daniel no eran una oración. Era algo más sencillo: delante de su patrona "le subía la plática". Nada más que asuntos indiferentes, comentarios casuales. Que si las lluvias se han retrasado; que si un coyote anda rondando por los gallineros de San Juan y anoche dio buena cuenta de los pollos de la señora Xmel; que si el segundo alcalde está enfermo y los pulseadores no atinan con la causa del daño.

Ninguna petición, ningún reproche. Cierto que la santa, como niña, y niña atrabancada que es, descuida sus obligaciones. Abandona el mundo al desorden, se olvida de quienes se le han confiado. Pero Daniel prefiere agradecerle sus favores y pondera la cosecha, la gran cosecha que este año levantarán en el paraje de Yalcuc; y se admira del número de niños varones que han nacido últimamente entre las familias de su tribu y se alegra de que regresen sanos y salvos de las fincas (entre ellos vendrán sus hijos, a saber) casi todos los que fueron a la cosecha de café a la costa.

De sí mismo nunca hablaba Daniel. ¿Qué podría decir? Era viejo y a santa Margarita no iban a divertirle las historias de cuanto ha. Y aunque hiciera por recordarlas, su memoria confundía personas, trastocaba lugares. ¿Qué iba a pensar la señora? Que Daniel desvariaba, que era un embustero, que estaba chocheando.

En éstas y otras razones las velas que había traído Daniel en la madrugada se consumían, el día terminaba. ¿Tan pronto? Y Daniel aún no ha dicho lo que quiere decir. Pero se despide con la promesa de volver mañana. Porque ya el sacristán, Xaw Ramírez Paciencia, está sonando las llaves, las enormes llaves del portón, y es seña de que va a cerrar.

Daniel se decía a sí mismo al salir: de mañana no pasa. Le cuento mi pena a santa Margarita y le pido un milagro, el milagro de que yo no tenga que volver a Yalcuc, de que yo siga siendo su mayordomo, siempre, siempre.

Pero cuando mañana era hoy, una especie de timidez paralizaba la lengua del anciano y no la dejaba suelta más que para referir nimiedades ajenas, para balbucear letanías incoherentes.

Una tarde, en que había asistido junto con los otros mayordomos al cambio de ropa de san Agustín, la embriaguez lo arrastró, frenético, desmelenado, gesticulante, hasta el altar de su patrona. A gritos la instaba para que lo protegiese contra la persecución de la gente de su tribu, para que lo guardase de una muerte infamante, para que le proporcionara los medios de permanecer aquí, con el cargo de mayordomo, un año más, aunque fuera un año más.

Al día siguiente Daniel tenía la confusa sensación de que su secreto ya no lo era para santa Margarita. Se aproximó a ella esperando encontrar un signo de benevolencia. Pero la santa continuaba inmóvil dentro de sus pesadas vestiduras, desentendida de lo que acontecía a su alrededor.

Daniel comenzó a hablarle en voz baja, pero, incontenible fue enardeciéndose hasta aullar, hasta golpearse la cabeza con los puños cerrados. Sintió que una mano le sacudía el hombro. Era el sacristán.

—¿Para qué gritas, tatik? Ninguno te oye.

Daniel escuchó esta aseveración con el mismo escándalo con que se escucha una herejía. El sacristán, el hombre que rezaba la misa de los santos en el tiempo de su festividad ¿se atrevía a sostener que los santos no eran más que trozos inertes de madera, sordos, sin

Al caminar por las calles de Jobel (con los párpados bajos como correspondía a la humanidad de su persona) Teodoro Méndez Acubal encontró una moneda. Semicubierta por las basuras del suelo, sucia de lodo, opaca por el uso, había pasado inadvertida para los caxlanes. Porque los caxlanes andan con la cabeza en alto. Por orgullo, avizorando desde lejos los importantes negocios que los reclaman.

Teodoro se detuvo, más por incredulidad que por codicia. Arrodillado, con el pretexto de asegurar las correas de uno de sus caites, esperó a que ninguno lo observase para recoger su hallazgo. Precipitadamente lo escondió entre las vueltas de su faja.

Volvió a ponerse de pie, tambaleante, pues lo había tomado una especie de mareo: flojedad en las coyunturas, sequedad en la boca, la visión turbia como si sus entrañas estuvieran latiendo en medio de las cejas.

Dando tumbos de lado a lado, lo mismo que los ebrios, Teodoro echó a andar. En más de una ocasión los transeúntes lo empujaban para impedir que los atropellase. Pero el ánimo de Teodoro estaba excesivamente turbado como para cuidar de lo que sucedía en torno suyo. La moneda, oculta entre los pliegues del cinturón lo había convertido en otro hombre. Un hombre más fuerte que antes, es verdad. Pero también más temeroso.

Se apartó un tanto de la vereda por la que regresaba a su paraje y se sentó sobre el tronco de un árbol. ¿Y si todo no hubiera sido más que un sueño? Pálido de ansiedad, Teodoro se llevó las manos al cinturón. Sí, allí estaba, dura, redonda, la moneda. Teodoro la desenvolvió, la humedeció con saliva y vaho, la frotó contra la tela de su ropa. Sobre el metal (plata debía de ser, a juzgar por su blancura) aparecieron las líneas de un perfil. Soberbio. Y alrededor letras, números, signos. Sopesándola, Mordiéndola, Haciéndola que tintinease, Teodoro pudo —al fin— calcular su valor.

De modo que ahora, por un golpe de suerte, se había vuelto rico. Más que si fuera dueño de un rebaño de ovejas, más que si poseyese una enorme extensión de milpas. Era tan rico como... como un caxlán. Y Teodoro se asombró de que el color de su piel siguiera siendo el mismo.

Las imágenes de la gente de su familia (la mujer, los tres hijos, los padres ancianos) quisieron insinuarse en las ensoñaciones de Teodoro. Pero las desechó con un ademán de disgusto. No tenía por qué participar a nadie su hallazgo ni mucho menos compartirlo. Trabajaba para mantener la casa. Eso está bien, es costumbre, es obligación. Pero lo demás, lo de la suerte, era suyo. Exclusivamente suyo.

Así que cuando Teodoro llegó a su jacal y se sentó junto al rescoldo para comer, no dijo nada. Su silencio le producía vergüenza, como si callar fuera burlarse de los otros. Y como un castigo inmediato crecía, junto a la vergüenza, una sensación de soledad. Teodoro era un hombre aparte, amordazado por un secreto. Y se angustiaba con un malestar físico, un calambre en el estómago, un escalofrío en los tuétanos. ¿Por qué sufrir así? Era suficiente una palabra y aquel dolor se desvanecería. Para obligarse a no pronunciarla Teodoro palpó, al través del tejido del cinturón, el bulto que hacía el metal.

Durante la noche, desvelado, se dijo: ¿qué compraré? Porque jamás, hasta ahora, había deseado tener cosas. Estaba tan convencido de que no le pertenecían que pasaba junto a ellas sin curiosidad, sin avidez. Y ahora no iba a antojársele pensar en lo necesario, manta, machetes, sombreros. No. Eso se compra con lo que se gana. Pero Méndez Acubal no había ganado esta moneda. Era su suerte, era un regalo. Se la dieron para que jugara con ella, para que la perdiera, para que se proporcionara algo inútil y hermoso.

Teodoro no sabía nada acerca de precios. A partir de su siguiente viaje a Jobel empezó a fijarse en los tratos entre marchantes. Ambos parecían calmosos. Afectando uno, ya falta de interés, otro, ya deseo de complacencia, hablaban de reales, de tostones, de libras, de varas. De más cosas aún, que giraban vertiginosamente alrededor de la cabeza de Teodoro sin dejarse atrapar.

Fatigado, Teodoro no quiso seguir arguyendo más y se abandonó a una convicción deliciosa: la de que a cambio de la moneda de plata podía adquirir lo que quisiera.

Pasaron meses antes de que Méndez Acubal hubiese hecho su elección irrevocable. Era una figura de pasta, la estatuilla de una virgen. Fue también un hallazgo, porque la figura yacía entre el hacinamiento de objetos que decoraban el escaparate de una tienda.

Desde esa ocasión Teodoro la rondaba como un enamorado. Pasaban horas y horas. Y siempre él, como un centinela, allí, junto a los vidrios.

Don Agustín Velasco, el comerciante, vigilaba con sus astutos y pequeños ojos (ojos de marticuil, como decía, entre mimos, su madre) desde el interior de la tienda.

Aun antes de que Teodoro adquiriese la costumbre de apostarse ante la fachada del establecimiento, sus facciones habían llamado la atención de don Agustín. A ningún ladino se le pierde la cara de un chamula cuando lo ha visto caminar sobre las aceras (reservadas para los caxlanes) y menos cuando camina con lentitud como quien va de paseo. No era usual que esto sucediese y don Agustín ni siquiera lo habría considerado posible. Pero ahora tuvo que admitir que las cosas podían llegar más lejos: que un indio era capaz de atreverse también a pararse ante una vitrina y contemplar lo que allí se exhibe no sólo con el aplomo del que sabe apreciar, sino con la suficiencia un poco insolente, del comprador.

El flaco y amarillento rostro de don Agustín se arrugó en una mueca de desprecio. Que un indio adquiriera en la Calle Real de Guadalupe velas para sus santos, aguardiente para sus fiestas, aperos para su trabajo, está bien. La gente que trafica con ellos no tiene sangre ni apellidos ilustres, no ha heredado fortunas y le corresponde ejercer un oficio vil. Que un indio entre en una botica para solicitar polvos de pezuña de la gran bestia, aceite guapo, unturas milagrosas, puede tolerarse. Al fin y al cabo los boticarios pertenecen a familias de medio pelo, que quisieran alzarse y alternar con las mejores y por eso es bueno que los indios los humillen frecuentando sus expendios.

Pero que un indio se vuelva de piedra frente a una joyería... Y no cualquier joyería, sino la de don Agustín Velasco, uno de los descendientes de los conquistadores, bien recibido en los mejores círculos, apreciado por sus colegas, era —por lo menos— inexplicable. A menos que...

Una sospecha comenzó a angustiarle. ¿Y si la audacia de este chamula se apoyaba en la fuerza de su tribu? No sería la primera vez, reconoció el comerciante con amargura. Rumores, ¿dónde había oído él rumores de sublevación? Rápidamente don Agustín repasó los sitios que había visitado durante los últimos días: el palacio episcopal, el casino, la tertulia de doña Romelia Ochoa.

¡Qué estupidez! Don Agustín sonrió con una condescendiente burla de sí mismo. Cuánta razón tenía Su Ilustrísima, don Manuel Oropeza, cuando afirmaba que no hay pecado sin castigo. Y don Agustín, que no tenía afición por la copa ni por el tabaco, que había guardado rigurosamente la continencia, era esclavo de un vicio: la conversación.

Furtivo, acechaba los diálogos en los portales, en el mercado, en la misma catedral. Don Agustín era el primero en enterarse de los chismes, en adivinar los escándalos y se desvivía por recibir confidencias, por ser depositario de secretos y servir intrigas. Y en las noches, después de la cena (el chocolate bien espeso con el que su madre lo premiaba de las fatigas y preocupaciones cotidianas), don Agustín asistía puntualmente a alguna pequeña reunión. Allí se charlaba, se contaban historias. De noviazgos, de pleitos por cuestiones de herencias, de súbitas e inexplicables fortunas, de duelos. Durante varias noches la plática había girado en torno de un tema: las sublevaciones de los indios. Todos los presentes habían sido testigos, víctimas, combatientes y vencedores de alguna. Recordaban detalles de los que habían sido protagonistas. Imágenes terribles que echaban a temblar a don Agustín: 15 mil chamulas en pie de guerra, sitiando Ciudad Real. Las fincas saqueadas, los hombres asesinados, las mujeres (no, no, hay que ahuyentar estos malos pensamientos) las mujeres... en fin, violadas.

La victoria se inclinaba siempre del lado de los caxlanes (otra cosa hubiera sido inconcebible), pero a cambio de cuán enormes sacrificios. De qué cuantiosas pérdidas.

¿Sirve de algo la experiencia? A juzgar por ese indio parado ante el escaparate de su joyería, don Agustín decidió que no. Los habitantes de Ciudad Real, absortos en sus tareas e intereses cotidianos olvidaban el pasado, que debía servirles de lección, y vivían como si no los amenazara ningún peligro. Don Agustín se horrorizó de tal inconsciencia. La seguridad de su vida era tan frágil que había bastado la cara de un chamula, vista al través de un cristal, para hacerla añicos.

Don Agustín volvió a mirar a la calle con la inconfesada esperanza de que la figura de aquel indio ya no estuviera allí. Pero Méndez Acubal permanecía aún, inmóvil, atento.

Los transeúntes pasaban junto a él sin dar señales de alarma ni de extrañeza. Esto (y los rumores pacíficos que llegaban del fondo de la casa) devolvieron la tranquilidad a don Agustín. Ahora su espanto no encontraba justificación. Los sucesos de Cancuc, el asedio de Pedro Díaz Cuscat a Jobel, las amenazas del Pajarito, no podían repetirse. Eran otros tiempos, más seguros para la gente decente.

Y además ¿quién iba a proporcionar armas, quién iba a acaudillar a los rebeldes? El indio que estaba aquí, aplastando la nariz contra la vidriera de la joyería, estaba solo. Y si se sobrepasaba nadie más que los coletos tenían la culpa. Ninguno estaba obligado a respetarlos si ellos mismos no se daban a respetar. Don Agustín desaprobó la conducta de sus coterráneos como si hubiera sido traicionado por ellos.

—Dicen que algunos, muy pocos con el favor de dios, llegan hasta el punto de dar la mano a los indios. ¡A los indios, una raza de ladrones!

El calificativo cobraba en la boca de don Agustín una peculiar fuerza injuriosa. No únicamente por el sentido de la propiedad, tan desarrollado en él como en cualquiera de su profesión, sino por una circunstancia especial.

Don Agustín no tenía la franqueza de admitirlo, pero lo atormentaba la sospecha de que era un inútil. Y lo que es peor aún, su madre se la confirmaba de muchas maneras. Su actitud ante este hijo único (hijo de Santa Ana, decía), nacido cuando ya era más un estorbo que un consuelo, era de cristiana resignación. El niño —su madre y las criadas seguían llamándolo así a pesar de que don Agustín había sobrepasado la cuarentena— era muy tímido, muy apocado, muy sin iniciativa. ¡Cuántas oportunidades de realizar buenos negocios se le habían ido de entre las manos! ¡Y cuántas, de las que él consideró como tales, no resultaron a la postre más que fracasos! La fortuna de los Velascos había venido mermando considerablemente desde que don Agustín llevaba las riendas de los asuntos. Y en cuanto al prestigio de la firma se sostenía a duras penas, gracias al respeto que en todos logró infundir el difunto a quien madre e hijo guardaban todavía luto.

¿Pero qué podía esperarse de un apulismado, de un "niño viejo"? La madre de don Agustín movía la cabeza suspirando. Y redoblaba los halagos, las condescendencias, los mimos, pues éste era su modo de sentir desdén.

Por instinto, el comerciante supo que tenía frente a sí la ocasión de demostrar a los demás, a sí mismo, su valor. Su celo, su perspicacia, resultarían evidentes para todos. Y una simple palabra —ladrón— le había proporcionado la clave: el hombre que aplastaba su nariz contra el cristal de su joyería era un ladrón. No cabía duda. Por lo demás el caso era muy común. Don Agustín recordaba innumerables anécdotas de raterías y aun de hurtos mayores atribuidos a los indios.

Satisfecho de sus deducciones don Agustín no se conformó con apercibirse a la defensa. Su sentido de la solidaridad de raza, de clase y de profesión, le obligó a comunicar sus recelos a otros comerciantes y juntos ocurrieron a la policía. El vecindario estaba sobre aviso gracias a la diligencia de don Agustín.

Pero el suscitador de aquellas precauciones se perdió de vista durante algún tiempo. Al cabo de las semanas volvió a aparecer en el sitio de costumbre y en la misma actitud: haciendo guardia. Porque Teodoro no se atrevía a entrar. Ningún chamula había intentado nunca osadía semejante. Si él se arriesgase a ser el primero seguramente lo arrojarían a la calle antes de que uno de sus piojos ensuciara la habitación. Pero, poniéndose en la remota posibilidad de que no lo expulsasen, si le permitían permanecer en el interior de la tienda el tiempo suficiente para hablar, Teodoro no habría sabido exponer sus deseos. No entendía, no hablaba castilla. Para que se le destaparan las orejas, para que se le soltara la lengua, había estado bebiendo aceite guapo. El licor le había infundido una sensación de poder. La sangre corría, saliente y rápida, por sus venas. La facilidad movía sus músculos, dictaba sus acciones. Como en sueños traspasó el umbral de la joyería. Pero el frío y la humedad, el tufo de aire encerrado y quieto, le hicieron volver en sí con un sobresalto de terror. Desde un estuche lo fulminaba el ojo de un diamante.

—¿Qué se te ofrece, chamulita? ¿Qué se te ofrece?

Con las repeticiones don Agustín procuraba ganar tiempo. A tientas buscaba su pistola dentro del primer cajón del mostrador. El silencio del indio lo asustó más que ninguna amenaza. No se atrevía a alzar la vista hasta que tuvo el arma en la mano.

Encontró una mirada que lo paralizó. Una mirada de sorpresa, de reproche. ¿Por qué lo miraban así? Don Agustín no era culpable. Era un hombre honrado, nunca había hecho daño a nadie. ¡Y sería la primera víctima de estos indios que de pronto se habían constituido en jueces! Aquí estaba ya el verdugo, con el pie a punto de avanzar, con los dedos hurgando entre los pliegues del cinturón, prontos a extraer quién sabe qué instrumento de exterminio.

Don Agustín tenía empuñada la pistola, pero no era capaz de dispararla. Gritó pidiendo socorro a los gendarmes.

Cuando Teodoro quiso huir no pudo, porque el gentío se había aglomerado en las puertas de la tienda cortándole la retirada. Vociferaciones, gestos, rostros iracundos. Los gendarmes sacudían al indio, hacían preguntas, lo registraban. Cuando la moneda de plata apareció entre los pliegues de su faja, un alarido de triunfo enardecía a la multitud. Don Agustín hacía ademanes vehementes mostrando la moneda. Los gritos le hinchaban el cuello.

—¡Ladrón! ¡Ladrón!

Teodoro Méndez Acubal fue llevado a la cárcel. Como la acusación que pesaba sobre él era muy común, ninguno de los funcionarios se dio prisa por conocer su causa. El expediente se volvió amarillo en los estantes de la delegación.

# Modesta Gómez

¡Qué frías son las mañanas en Ciudad Real! La neblina lo cubre todo. De puntos invisibles surgen las campanadas de la misa primera, los chirridos de portones que se abren, el jadeo de molinos que empiezan a trabajar.

Envuelta en los pliegues de su chal negro, Modesta Gómez caminaba, tiritando. Se lo había advertido su comadre, doña Águeda, la carnicera:

—Hay gente que no tiene estómago para este oficio, se hacen las melindrosas, pero yo creo que son haraganas. El inconveniente de ser atajadora es que tenés que madrugar.

Siempre he madrugado, pensó Modesta. Mi nana me hizo a su modo.

(Por más que se esforzase, Modesta no lograba recordar las palabras de amonestación de su madre, el rostro que en su niñez se inclinaba hacia ella. Habían transcurrido muchos años.)

—Me ajenaron desde chiquita. Una boca menos en la casa era un alivio para todos.

De aquella ocasión Modesta tenía aún presente la muda de ropa limpia con que la vistieron. Después, abruptamente, se hallaba ante una enorme puerta con llamador de bronce: una mano bien modelada en uno de cuyos dedos se enroscaba un anillo. Era la casa de los Ochoa: don Humberto, el dueño de la tienda "La

Esperanza"; doña Romelia, su mujer; Berta, Dolores y Clara, sus hijas; y Jorgito, el menor.

La casa estaba llena de sorpresas maravillosas. ¡Con cuánto asombro descubrió Modesta la sala de recibir! Los muebles de bejuco, los tarjeteros de mimbre con su abanico multicolor de postales, desplegado contra la pared; el piso de madera, ¡de madera! Un calorcito agradable ascendió desde los pies descalzos de Modesta hasta su corazón. Sí, se alegraba de quedarse con los Ochoas, de saber que, desde entonces, esta casa magnífica sería también su casa.

Doña Romelia la condujo a la cocina. Las criadas recibieron con hostilidad a la patoja y, al descubrir que su pelo hervía de liendres, la sumergieron sin contemplaciones en una artesana llena de agua helada. La restregaron con raíz de amole, una y otra vez, hasta que la trenza quedó rechinante de limpia.

—Ahora sí, ya te podés presentar con los señores. De por sí son muy delicados. Pero con el niño Jorgito se esmeran. Como es el único varón...

Modesta y Jorgito tenían casi la misma edad. Sin embargo, ella era la cargadora, la que debía cuidarlo y entretenerlo.

—Dicen que fue de tanto cargarlo que se me torcieron mis piernas, porque todavía no estaban bien macizas. A saber.

Pero el niño era muy malcriado. Si no se le cumplían sus caprichos "le daba chaveta", como él mismo decía. Sus alaridos se escuchaban hasta la tienda. Doña Romelia acudía presurosamente.

—¿Qué te hicieron cutushito, mi consentido?

Sin suspender el llanto Jorgito señalaba a Modesta.

—¿La cargadora?, se cercioraba la madre. Le vamos a pegar para que no te resmuela. Mira, un coshquete aquí, en la mera choya; un jalón de orejas y una nalgada. ¿Ya estás conforme, mi puñito de cacao, mi yerbecita de olor? Bueno, ahora me vas a dejar ir, porque tengo mucho quehacer.

A pesar de estos incidentes los niños eran inseparables; juntos padecieron todas las enfermedades infantiles, juntos averiguaron secretos, juntos inventaron travesuras.

Tal intimidad, aunque despreocupaba a doña Romelia de las atenciones nimias que exigía su hijo, no dejaba de parecerle indebida. ¿Cómo conjurar los riesgos? A doña Romelia no se le ocurrió más que meter a Jorgito en la escuela de primeras letras y prohibir a Modesta que lo tratara de vos.

—Es tu patrón, condescendió a explicarle; y con los patrones nada de confiancitas.

Mientras el niño aprendía a leer y a contar, Modesta se ocupaba en la cocina; avivando el fogón, acarreando el agua y juntando el achigual para los puercos.

Esperaron a que se criara un poco más, a que le viniera la primera regla, para ascender a Modesta de categoría. Se desechó el petate viejo en el que había dormido desde su llegada, y lo sustituyeron por un estrado que la muerte de una cocinera había dejado vacante. Modesta colocó, debajo de la almohada, su peine de madera y su espejo con marco de celuloide. Era ya una varejoncita y le gustaba presumir. Cuando iba a salir a la calle, para hacer algún mandado, se lavaba con esmero los pies, restregándolos contra una piedra. A su paso crujía el almidón de los fustanes.

La calle era el escenario de sus triunfos; la requebraban, con burdos piropos, los jóvenes descalzos como ella, pero con oficio honrado y dispuestos a casarse; le proponían amores los muchachos catrines, los amigos de Jorgito; y los viejos ricos le ofrecían regalos y dinero.

Modesta soñaba, por las noches, con ser la esposa legítima de un artesano. Imaginaba la casita humilde, en las afueras de Ciudad Real, la escasez de recursos, la vida de sacrificios que le esperaba. No, mejor no. Para casarse por la ley siempre sobra tiempo. Más vale desquitarse antes, pasar un rato alegre, como las mujeres malas. La vendería una vieja alcahueta, de las que van a ofrecer muchachas a los señores. Modesta se veía en un rincón del burdel, arrebozada y con los ojos bajos, mientras unos hombres borrachos y escandalosos se la rifaban para ver quién era su primer dueño. Y después, si bien le iba, el que la hiciera su querida le instalaría un negocito para que la fuera pasando. Modesta no llevaría la frente alta, no sería un espejo de cuerpo entero como si hubiese salido del poder de sus patrones rumbo a la iglesia y vestida de blanco. Pero tendría, tal vez, un hijo de buena sangre, unos ahorros. Se haría diestra en un oficio. Con el tiempo correría su fama y vendrían a solicitarla para que moliera el chocolate o curara de espanto en la casa de la gente de pro.

Y en cambio vino a parar en atajadora. ¡Qué vueltas da el mundo!

Los sueños de Modesta fueron interrumpidos una noche. Sigilosamente se abrió la puerta del cuarto de las criadas y, a oscuras, alguien avanzó hasta el estrado de la muchacha. Modesta sentía cerca de ella una respiración anhelosa, el batir rápido de un pulso. Se santiguó, pensando en las ánimas. Pero una mano cayó brutalmente sobre su cuerpo. Quiso gritar y su grito fue sofocado por otra boca que tapaba su boca. Ella y su adversario forcejeaban mientras las otras mujeres dormían a pierna suelta. En una cicatriz del hombro Modesta reconoció a Jorgito. No quiso defenderse más. Cerró los ojos y se sometió.

Doña Romelia sospechaba algo de los tejemanejes de su hijo y los chismes de la servidumbre acabaron de sacarla de dudas. Pero decidió hacerse la desentendida. Al fin y al cabo Jorgito era un hombre, no un santo; estaba en la mera edad en que se siente la pujanza de la sangre. Y de que se fuera con las gaviotas (que enseñan malas mañas a los muchachos y los echan a perder) era preferible que encontrara sosiego en su propia casa.

Gracias a la violación de Modesta, Jorgito pudo alardear de hombre hecho y derecho. Desde algunos meses antes fumaba a escondidas y se había puesto dos o tres borracheras. Pero, a pesar de las burlas de sus amigos, no se había atrevido aún a ir con mujeres. Las temía: pintarrajeadas, groseras en sus ademanes y en su modo de hablar. Con Modesta se sentía en confianza. Lo único que le preocupaba era que su familia llegara a enterarse de sus relaciones. Para disimularlas trataba a Modesta, delante de todos, con despego y hasta con exagerada severidad. Pero en las noches buscaba otra vez ese cuerpo conocido por la costumbre y en el que se mezclaban olores domésticos y reminiscencias infantiles.

Pero, como dice el refrán: "lo que de noche se hace de día aparece". Modesta empezó a mostrar la color quebrada, unas ojeras grandes y un desmadejamiento en las actitudes que las otras criadas comentaron con risas maliciosas y guiños obscenos.

Una mañana Modesta tuvo que suspender su tarea de moler el maíz porque una basca repentina la sobrecogió. La salera fue a dar aviso a la patrona de que Modesta estaba embarazada.

Doña Romelia se presentó en la cocina, hecha un basilisco.

—Malagradecida, tal por cual. Tenías que salir con tu domingo siete. ¿Y qué te creíste? ¿Qué te iba yo a solapar tus sinvergüenzadas? Ni lo permita dios. Tengo marido a quién responder, hijas a las que debo dar buenos ejemplos. Así que ahora mismo te me vas largando a la calle.

Antes de abandonar la casa de los Ochoas, Modesta fue sometida a una humillante inspección: la señora y sus hijas registraron las pertenencias y la ropa de la muchacha para ver si no había robado algo. Después se formó en el zaguán una especie de valla por la que Modesta tuvo que atravesar para salir.

Fugazmente miró aquellos rostros. El de don Humberto, congestionado de gordura, con sus ojillos lúbricos; el de doña Romelia, crispado de indignación; el de las jóvenes —Clara, Dolores y Berta— curiosos, con una ligera palidez de envidia. Modesta buscó el rostro de Jorgito, pero no estaba allí.

Modesta había llegado a la salida de Moxviquil. Se detuvo. Allí estaban ya otras mujeres, descalzas y mal vestidas como ella. La miraron con desconfianza.

—Déjenla, intercedió una. Es cristiana como cualquiera y tiene tres hijos que mantener.

—¿Y nosotras? ¿Acaso somos adonisas?

—¿Vinimos a barrer el dinero con escoba?

—Lo que ésta gane no nos va a sacar de pobres. Hay que tener caridad. Está recién viuda.

—¿De quién?

—Del finado Alberto Gómez.

—¿El albañil?

—¿El que murió de bolo?

(Aunque dicho en voz baja, Modesta alcanzó a oír el comentario. Un violento rubor invadió sus mejillas. ¡Alberto Gómez, el que murió de bolo! ¡Calumnias! Su marido no había muerto así. Bueno, era verdad que tomaba sus tragos y más a últimas fechas. Pero el pobre tenía razón. Estaba aburrido de aplanar las calles en busca de trabajo. Nadie construye una casa, nadie se embarca en una reparación cuando se está en pleno tiempo de aguas. Alberto se cansaba de esperar que pasara la lluvia, bajo los portales o en el quicio de una puerta. Así fue como empezó a meterse en las cantinas. Los malos amigos hicieron lo demás. Alberto faltaba a sus obligaciones, maltrataba a su familia. Había que perdonarlo. Cuando un hombre no está en sus cabales hace una barbaridad tras otra. Al día siguiente, cuando se le quitaba lo engasado, se asustaba de ver a Modesta llena de moretones y a los niños temblando de miedo en un rincón. Lloraba de vergüenza y de arrepentimiento. Pero no se corregía. Puede más el vicio que la razón.

Mientras aguardaba a su marido, a deshoras de la noche, Modesta se afligía pensando en los mil accidentes que podían ocurrirle en la calle. Un pleito, un atropellamiento, una bala perdida, Modesta lo veía llegar en parihuela, bañado en sangre, y se retorcía las manos discurriendo de dónde iba a sacar dinero para el entierro.

Pero las cosas sucedieron de otro modo; ella tuvo que ir a recoger a Alberto porque se había quedado dormido en una banqueta y allí le agarró la noche y le cayó el sereno. En apariencia Alberto no tenía ninguna lesión. Se quejaba un poco de dolor de costado. Le hicieron su untura de sebo, por si se trataba de un enfriamiento; le aplicaron ventosas, bebió agua de brasa. Pero el dolor arreciaba. Los estertores de la agonía duraron poco y las vecinas hicieron una colecta para pagar el cajón.

—Te salió peor el remedio que la enfermedad, le decía a Modesta su comadre Águeda. Te casaste con Alberto para estar bajo mano de hombre, para que el hijo del mentado Jorge se criara con un respeto. Y ahora resulta que te quedás viuda, en la loma del sosiego, con tres bocas que mantener y sin nadie que vea por vos.

(Era verdad. Y verdad que los años que Modesta duró casada con Alberto fueron años de penas y de trabajo. Verdad que en sus borracheras el albañil le pegaba, echándole en cara el abuso de Jorgito, y verdad que su muerte fue la humillación más grande para su familia. Pero Alberto había valido a Modesta en la mejor ocasión: cuando todos le voltearon la cara para no ver su deshonra. Alberto le había dado su nombre y sus hijos legítimos, la había hecho una señora. ¡Cuántas de estas mendigas enlutadas, que ahora murmuraban a su costa, habrían vendido su alma al demonio por poder decir lo mismo!)

La niebla del amanecer empezaba a despejarse. Modesta se había sentado sobre una piedra. Una de las atajadoras se le acercó.

—¿Y day? ¿No estaba usted de dependienta en la carnicería de doña Águeda?

—Estoy. Pero el sueldo no alcanza. Como somos yo y mis tres chiquitos tuve que buscarme una ayudita. Mi comadre Águeda me aconsejó este oficio.

—Sólo porque la necesidad tiene cara de chucho, pero el oficio de atajadora es amolado. Y deja pocas ganancias.

(Modesta escrutó a la que le hablaba, con recelo. ¿Qué perseguía con tales aspavientos? Seguramente desanimarla para que no le hiciera la competencia. Bien equivocada iba. Modesta no era de alfeñique, había pasado en otras partes sus buenos ajigolones. Porque eso de estar tras el mostrador de una carnicería tampoco era la vida perdurable. Toda la mañana el ajetreo: mantener limpio el local —aunque con las moscas no se pudiera acabar nunca—; despachar la mercancía, regatear con los clientes. ¡Esas criadas de casa rica que siempre estaban exigiendo la carne más gorda, el bocado más sabroso y el precio más barato! Era forzoso contemporizar con ellas; pero Modesta se desquitaba con las demás. A las que se veían humildes y maltrazadas, las dueñas de los puestos del mercado y sus dependientas, les imponían una absoluta fidelidad mercantil; y si alguna vez procuraban adquirir su carne en otro expendio, porque les convenía más, se lo reprochaban a gritos y no volvían a despacharles nunca.)

—Sí, el manejo de la carne es sucio. Pero peor resulta ser atajadora. Aquí hay que lidiar con indios.

(¿Y dónde no?, pensó Modesta. Su comadre Águeda la aleccionó desde el principio: para el indio se guardaba la carne podrida o con granos, la gran pesa de plomo que alteraba la balanza y el alarido de indignación ante su más mínima protesta. Al escándalo acudían las otras placeras y se armaba un alboroto en que intervenían curiosos y gendarmes, azuzando a los protagonistas con palabras de desafío, gestos insultantes y empellones. El saldo de la refriega era, invariablemente, el sombrero o el morral del indio que la vencedora enarbolaba como un trofeo, y la carrera asustada del vencido que así escapaba de las amenazas y las burlas de la multitud.)

—¡Ahí vienen ya!

Las atajadoras abandonaron sus conversaciones para volver el rostro hacia los cerros. La neblina permitía ya distinguir algunos bultos que se movían en su interior. Eran los indios, cargados de las mercancías que iban a vender a Ciudad Real. Las atajadoras avanzaron unos pasos a su encuentro. Modesta las imitó.

Los dos grupos estaban frente a frente. Transcurrieron breves segundos de expectación. Por fin, los indios continuaron su camino con la cabeza baja y la mirada fija obstinadamente en el suelo, como si el recurso mágico de no ver a las mujeres las volviera inexistentes.

Las atajadoras se lanzaron contra los indios desordenadamente. Forcejeaban, sofocando gritos, por la posesión de un objeto que no debía sufrir deterioro. Por último, cuando el chamarro de lana o la red de verduras o el utensilio de barro estaban ya en poder de la atajadora, ésta sacaba de entre su camisa unas monedas y, sin contarlas, las dejaba caer al suelo de donde el indio derribado las recogía.

Aprovechando la confusión de la reyerta una joven india quiso escapar y echó a correr con su cargamento intacto.

—Ésa te toca a vos, gritó burlonamente una de las atajadoras a Modesta.

De un modo automático, lo mismo que un animal mucho tiempo adiestrado en la persecución. Modesta se lanzó hacia la fugitiva. Al darle alcance la asió de la falda y ambas rodaron por tierra. Modesta luchó hasta quedar encima de la otra. Le jaló las trenzas, le golpeó las mejillas, le clavó las uñas en las orejas. ¡Más fuerte! ¡Más fuerte!

—¡India desgraciada, me lo tenés que pagar todo junto!

La india se retorcía de dolor; diez hilillos de sangre le escurrieron de los lóbulos hasta la nuca.

—Ya no, marchanta, ya no...

Enardecida, acezante, Modesta se aferraba a su víctima. No quiso soltarla ni cuando le entregó el chamarro de lana que traía escondido. Tuvo que intervenir otra atajadora.

—¡Ya basta!, dijo con energía a Modesta, obligándola a ponerse de pie.

Modesta se tambaleaba como una ebria mientras, con el rebozo, se enjugaba la cara, húmeda de sudor.

—Y vos, prosiguió la atajadora, dirigiéndose a la india, dejá de estar jirimiquiando que no es gracia. No te pasó nada. Toma estos centavos y que dios te bendiga. Agradecé que no te llevamos al Niñado por alborotadora.

La india recogió la moneda presurosamente y presurosamente se alejó de allí. Modesta miraba sin comprender.

—Para que te sirva de lección, le dijo la atajadora, yo me quedo con el chamarro, puesto que yo lo pagué. Tal vez mañana tengás mejor suerte.

Modesta asintió. Mañana. Sí, volvería mañana y pasado mañana y siempre. Era cierto lo que decían: que el oficio de atajadora es duro y que la ganancia no rinde. Se miró las uñas ensangrentadas. No sabía por qué. Pero estaba contenta.

# El advenimiento del águila

En él la juventud tomó el perfil de un ave de rapiña: los ojos juntos, la frente huidiza, las cejas rasgadas. Una planta de hombre audaz. Piernas abiertas y bien firmes, hombros macizos, caderas hechas como para sostener un arma. Y encima el nombre: Héctor Villafuerte.

¿Pero qué se hace con este hervor en la cabeza, en la sangre, en las entrañas, cuando se vive en un pueblo como Ciudad Real? ¡Y cuando, además, se es hijo de viuda!

La casa de la infancia huele a membrillo, a incienso. Gorgotean las ollas, las pequeñas ollas de carne-quijote, las tímidas ollas de cocido, sobre el fogón. Se resquebrajan los fustanes almidonados bajo el tacto del viento en los corredores, en los patios.

—¡Qué mal le sentaba a Héctor la sotana de monaguillo! Con ella enroscada en la cintura, se trepó a los árboles, brincó las cercas, trabó feroces riñas con otros indiezuelos. A los ocho días tuvo que devolverla, hecha una lástima, al padre Domingo, que acariciaba la esperanza de hacer, de aquel muchacho revoltoso, un sacerdote enérgico, un misionero con agallas.

El paso de Héctor por la escuela fue turbulento. Travesuras en clase, malas calificaciones y una estrepitosa expulsión final "por haber sido el cabecilla de un motín que destruyó todos los vidrios (amén de maltratar puertas, paredes y muebles) de su salón de clases".

Aprender un oficio era desdoro para la familia. Tenían, guardados en un arcón muy antiguo, títulos de nobleza que firmó el mero rey de España y un escudo que el tiempo había borrado de la fachada principal de la casa. La pobreza no afrenta a quien la padece. Pero un trabajo vil...

Una especie de selección natural, que apartó a Héctor de la sacristía, las aulas y los talleres, lo dejó en la calle con los amigos, de cigarro insolente y escupitajo despectivo. Ellos lo condujeron a la cama miserable de la prostituta, a la mesa maltratada de la cantina, a la atmósfera, sórdida, de luz artificial y humo, de los billares.

Héctor se hizo compañero de los músicos de mala muerte. Dondequiera que tocase la marimba, ahí estaba él ayudando a cargar y descargar el instrumento, con la misma delicadeza que si se tratara de un cadáver. Llegó a ser imprescindible para echar vivas estentóreos a los que pagaban la serenata. Y al amanecer disparaba, con una pistola ajena, tiros al aire, confiando a la pólvora inútil su ímpetu rebelde, ese potro al que la rutina puso —tan tempranamente— su freno.

Aprendió ciencias mezquinas: cómo se corta un naipe y se mezclan las cartas; cómo se cala un gallo de pelea y cuál es el mejor perro de caza. Para ser un señor, a Héctor no le faltaba más que la fortuna.

Porque Héctor no podía pagarse el lujo de la pereza. Su madre comenzó por empeñar las alhajas para librarlo del deshonor de una deuda de juego. Después fue fácil irse desprendiendo de cuadros, vajilla, ropa.

Los compradores no quieren vejestorios. Regatean, entregan el dinero a regañadientes. Y, como para desquitarse, dan la propina de un comentario severo, de una amonestación que apenas puede disimular la sonrisa interior de complacencia propia, de un consejo ineficaz.

La viuda luchó, hasta el fin, para defender a los santos del oratorio de los despilfarros de su hijo. Cuando el oratorio quedó vacío la anciana renunció a continuar viviendo. Su muerte fue cortés: sin un arrebato, sin un desmelenamiento. Parientes lejanos, señoras caritativas hicieron una colecta para pagar los gastos del funeral.

Durante los primeros meses de su orfandad, Héctor se convirtió en el asistente obligatorio de celebraciones y fiestas. Ocupaba un puesto discreto, para guardar el luto, y desde allí veía a los demás comer o divertirse. Los veía con una mirada distante, porque el desdén era en él una actitud, no un estado de ánimo.

Cuando las rodilleras de sus pantalones empezaron a brillar escandalosamente y cuando tuvo que posar el pie con cuidado para no dar a las suelas el desgarrón final, Héctor pensó que era necesario sentar cabeza.

Propaló a los cuatro vientos su propósito, exhibió su calidad de soltero disponible, seguro de que su mercancía era de las que siempre tienen demanda. Las mujeres lo miraban codiciosamente y Héctor respondía a todas —sin hacer distinciones para no comprometerse— con la misma sonrisa de cínica espera y de indiferente voluptuosidad.

¡Si por lo menos Héctor hubiera tenido un caballo para rayar las piedras de las calles, para sacarles chispas de orgullo y desafío! Paciencia. Ya lo tendrá después. Tendrá mesa bien servida, billetes en la cartera, el saludo respetuoso y servil de quienes ahora lo esquivan o lo desprecian. La esposa que ha de proporcionarle holgura y respeto... bueno. Puede ser ésta o la otra. A oscuras todas las hembras son iguales. Héctor cumpliría sus deberes como marido preñándola anualmente. Entre los embarazos y la crianza de los hijos, ella se mantendría tranquila en su rincón.

Pero da la casualidad de que las mujeres de Ciudad Real no andan de partida suelta por las calles. Si por su gusto fuera, tal vez; pero hay padres, hermanos, paredes, costumbres que las defienden. Y no es cosa de meterse, de buenas a primeras, a gato bravo. Los mayores acaban siempre por vencer. O por desheredar.

Las tentativas de matrimonio de Héctor no prosperaron. El hombre aplanaba las banquetas, silbaba en las esquinas con un aire estudiado de perdonavidas y arriesgaba uno que otro requiebro al pasar frente a las ventanas. Huían las muchachas con un estrépito de postigos cerrados. Y ya detrás de los cristales se burlaban de las solicitaciones de Héctor, acaso un poco tristes por no poder complacerlas.

Hubo, sin embargo, una mujer sin parientes, sin perro que le ladrase; con sólo una señora de respeto para cuidar la casa y las apariencias, pero en lo demás, libre. Un poco talludita, ya pasada de tueste. De ceño grave y un pliegue amargo en los labios. Jamás hombre alguno se había acercado a ella pues, aunque tuviese fama de rica, la tenía más de avara.

Cuando una mujer, razonaba el pretendiente, está en las condiciones de Emelina Tovar, se enamora y abre la mano. Enamorarla no será difícil. Basta mover ante ella un trapo rojo y ha de embestir, ciega de furor y de ansia.

Contra todos los cálculos de Héctor, Emelina no embistió. Miraba al galán rondando sus balcones y fruncía más las cejas en un supremo esfuerzo de atención. Eso era todo. Ni un aleteo de impaciencia, ni un suspiro de esperanza en aquel pecho árido de solterona.

Cuando Héctor logró hablarle por primera vez, Emelina lo escuchó parpadeando como si una luz excesiva la molestase. No supo responder. Y en este silencio el pretendiente entendió su aceptación.

La boda no fue lo que podría llamarse brillante. El novio guapo, eso sí, pero que no tenía ni en qué le hiciera maroma un piojo. Y de sobornal, derrochador.

Emelina desfiló por la nave de la iglesia de la Merced (porque había hecho un voto a la virgen, que era tan milagrosa, de casarse ante su altar) bien cogida del brazo de Héctor, temerosa, aun en medio de ese triunfo precario que al fin de una larga, humillante soledad, le había regalado su destino.

Emelina se mantenía de hacer dulces. Todo el tiempo zumbaban los insectos en el traspatio de la casa, donde tendía —a que se asolearan— los chimbos, los acitrones, las tartaritas. El oficio no rinde mucho. Pero una mujer ordenada y precavida puede ahorrar. No tanto como para juntar una fortuna, pero bastante para hacer frente a un caso repentino, una enfermedad, una pena. ¡Cuántas no iba a darle este marido más joven, cerrero y que no buscaba más que su conveniencia!

Si Emelina no hubiese estado enamorada de Héctor acaso habría sido feliz. Pero su amor era una llaga siempre abierta, que el ademán más insignificante y la más insignificante acción del otro, hacían sangrar. Se revolcaba de celos y desesperación en su lecho frecuentemente abandonado. A un pájaro de la cuenta de Héctor no le basta el alpiste. Rompe la jaula y se va.

A todo esto el recién casado no lograba ver claro. ¿Y el dinero de su mujer? Revolvía cofres, levantaba colchones, excavaba agujeros en el sitio. Nada. La muy mañosa lo tenía bien escondido, si es que lo tenía.

Lo cierto es que los ahorros se agotaron en los primeros meses y hubo que echar mano del capital. Todo se iba en parrandas de Héctor, comilonas y apuestas perdidas.

Se acabó. Emelina no pudo soportar un mal parto, que su edad hizo imposible. Y Héctor quedó solo, milagrosamente libre otra vez. Y en la calle.

¿Para cuándo son los amigos? Para trances como éste, precisamente. El que ayer era compañero de juergas hoy ocupa un puesto de responsabilidad y puede recomendarlo a uno con los meros gargantones.

—¿Sabes escribir, Héctor? Un poco. Bueno. Mala letra, nada de ortografía. ¡Si hubieras aprendido cuando tu madre, que dios goce, te pagaba la escuela! Pero no es hora de echar malhayas. Leer de corrido, sí. ¿Y las cuentas? Regular nada más. No puedo prometerte nada. Pero, en fin, veremos qué se hace.

Unos meses más tarde Héctor Villafuerte tuvo ante sí el nombramiento de secretario municipal en el pueblo de Tenejapa.

¡Desgraciado pueblo! La presidencia, la parroquia y unas cuantas casas de ladino son de adobe. Lo demás, jacales de bajereque. Lodo en las calles, maleza, campo abierto a la vuelta de la primera esquina.

Hay desperdicios por todas partes y los animales domésticos y los niños desnudos vagan libremente.

—¡Aquí te quería yo ver! —se decía Héctor a sí mismo. Sin con quién hablar, solíngrimo, porque los ladinos de por estos rumbos son unos cualquieras y los indios no son personas. No entienden el cristiano. Agachan la cabeza para decir sí, patrón, sí, marchante, sí ajwalil. No se alzan ni cuando se embolan. Trago y trago. Y no pegan un grito de alegría, no relinchan de gusto. Se van volviendo como piedras y de repente caen redondos. No me quiero rozar con ellos, con ninguno. Porque dice el dicho que el que entre lobos anda a aullar se enseña. Y ni esperanzas tengo de salir de esta ratonera. El sueldo rascuache que gano se me va en pagar mi asistencia y el aseo de mi ropa. No hay por dónde agenciarse un caidito. Parece que aquí no hay más palo en qué ahorcarse que la venta de aguardiente. Todos los ladinos ponen su expendio en el zaguán los días de fiesta o de mercado. Los indios entran allí muy formales y salen rechazando de bolos. No se puede ni andar entre tanto cuerpo tirado por las calles. Tal vez me costearía más ser enganchador. ¿Pero con qué dinero me establezco?

Secretario municipal. ¡Bonito título! Hasta podía hacer creer que Héctor desempeñaba un cargo de importancia. Pero no atendía más que asuntos de poca monta; robos de gallinas, carneros y, cuando más, vacas. Crímenes por brujería, por celos, por pleitos de borrachera. Venganzas privadas en las que ninguno se sentía con derecho a intervenir. Pero eso sí, todos exigían para cada suceso, un acta formal.

—¡Qué pichicatería la de este gobierno! —se lamentaba Héctor. Quiere que se sostenga uno de milagro. Nada le importa la dignidad del nombramiento. Porque un secretario municipal, para estas gentes ignorantes, debería ser respetable. ¿Y quién me va a tomar en serio si yo ando en estas trazas de limosnero? Un cuarto redondo para trabajar, para comer, para dormir. ¡Y hay que quitarse el sombrero ante el mobiliario! Un catre de reatas y una mesa y unas sillas de mírame y no me toques. Si hasta el sello es tan viejo que ya ni pinta. Y estos desgraciados quieren que toda la correspondencia lleve su sellote. ¡Qué fregar!

Después de este soliloquio Héctor se negó a seguir redactando los escritos. No hay sello, decía con malos modos a los indios. Y sin sello no vale nada lo que yo escriba.

Con paso silencioso la comisión de "principales" salió. Estuvo un rato en el corredor del Palacio Municipal, cuchicheando y luego volvió al cuarto de Héctor. El más viejo de estos hombres tomó la palabra.

—Queremos averiguar, ajwalil, lo que dijiste de que ya se acabó el sello.

—¿Cuál es el sello? —preguntó con humildad otro anciano.

—Es el águila —repuso arrogantemente el funcionario.

Los indios comprendieron. Todos habían visto alguna vez su figura en el escudo nacional. E imaginaron que sus alas tenían por misión conducir las quejas, los alegatos, a los pies de la justicia. Y he aquí que ahora el pueblo de Tenejapa se ahogaría entre delitos sin consignar, entre documentos incapaces ya de levantar el vuelo.

—¿Cómo fue que se vino a acabar el águila?

La interrogación se la planteaban todos con ese estupor que suscitan las grandes catástrofes naturales. Héctor Villafuerte se alzó de hombros para evitarse una respuesta que, de todas maneras, estos indios brutos no entenderían.

—¿Y no se puede conseguir otra águila? —propuso cautelosamente alguno.

—¿Quién la va a pagar? —interrumpió Héctor.

—Eso depende, ajwalil.

—¿Cuánto cuesta?

Héctor se rascó la barbilla para ayudarse a hacer el cálculo. Deseaba conferirse importancia ante los demás con el precio de los instrumentos que manejaba. Afirmó:

—Mil pesos.

Los indios se miraron entre sí, asustados. Como si la cifra hubiera poseído una virtud enmudecedora, un gran silencio llenó la estancia. Lo rompió la carcajada de Héctor.

—¡Qué tal! Se quedaron teperetados ¿verdad? ¡Mil pesos!

—¿No habrá un águila más barata?

—¿Qué estás creyendo, indio pendejo? ¿Qué vas a regatear como cuando se compra una vara de manta o una medida de trago? El águila no es cualquier cosa; es el nahual del gobierno.

¡Qué conversación tan absurda! Si se prolongaba era por el aburrimiento de Héctor, por su empeño en sostener la infalibilidad de su juicio.

—Está bueno, ajwalil.

—Hasta mañana, ajwalil.

—Que pases buenas noches, ajwalil.

Se fueron los indios. Pero al día siguiente, a primera hora, ya estaban de nuevo allí.

—Queremos levantar un acta, ajwalil.

—¡Qué intendibles son! El acta no sirve de nada sin el sello del águila.

—¿No habla el papel?

—No habla.

—Está bueno pues, ajwalil.

—Adiós, ajwalil.

Volvieron a irse los indios. Pero no muy lejos de la Presidencia Municipal; merodeaban por los alrededores, discutiendo.

—¿Qué tramarán? —se preguntó con inquietud Héctor. Había oído historias de ladinos a los que les incendiaban la casa y perseguían por el monte con el machete desenvainado.

Pero los "principales" parecían tener intenciones pacíficas. Al filo de la tarde se dispersaron.

Al otro día el grupo estaba de nuevo allí, gargajeando, sin atreverse a hablar. Por fin uno se aproximó a Héctor.

—¿Cómo amanecería el pajarito, ajwalil?

—¿Cuál pajarito? —indagó con malhumor Villafuerte.

—El que va en el papel.

—Ah, el águila. Ya te lo dije antes: se murió.

—Pero tendrás otro.

—No tengo.

—¿Y en dónde se puede conseguir?

—En Ciudad Real.

—¿Cuándo vas?

—Cuando se me hinchen los huevos. Y además ¿con qué pisto?

—¿Cuánto vas a querer?

La insistencia de los indios ya iba más allá de la terquedad. Había en ella un verdadero interés. De pronto Héctor se dio cuenta de que la oportunidad, por la que tanto había suspirado, estaba allí, con su gran trenza para agarrarla. Con una entonación casual, aunque apenas podía contener la excitación que le produjo su descubrimiento, decretó:

—Quiero cinco mil pesos.

—Dijiste mil la primera vez.

—¡Mentira! ¿Quién va a saber más de esto: tú o yo? Aquí lo dice (y febrilmente abría Héctor ante el indio un libro cualquiera): el águila cuesta cinco mil pesos.

La voluntad de los indios desfalleció. Sin agregar una palabra todos salieron a deliberar afuera. Villafuerte los miró alejarse, preocupado.

—La codicia rompe el saco. Me desmandé en pedir tanto dinero. ¡Dónde lo van a conseguir estos infelices! Y ultimadamente, a mí qué me importa. Que trabajen, que se enganchen para ir a las fincas de la costa, que pidan prestado, que desentierren sus ollas con pisto. No soy yo el que les va a tener lástima ¡qué moler! Como si yo no supiera que para pagar a un brujo o para celebrar una fiesta de sus santos no les duele botar montones de pesos. Para la iglesia sí, muy garbosos: misa de tres padres, jubileo. ¿Por qué el gobierno ha de ser menos?

El razonamiento llevó a Héctor a convencerse de que la compra del sello era indispensable y el valor que él le había fijado, justo. Su propósito de no transigir se consolidó.

Pero los indios son obstinados. Se van y vuelven, a machacar con el mismo tema.

—Que sean dos mil pesos, ajwalil. No podemos juntar más.

—¿Para qué va a servir el águila? ¿Para mi provecho?

—Somos muy pobres, patrón.

—No me vengan a llorar, plagas.

—Que sean tres mil pesos, marchante.

—Dije cinco mil.

Siguieron regateando por inercia. Los indios sabían que, al fin, ellos tendrían que ceder.

Esa noche Héctor recontaba su tesoro a la luz de un quinqué. Monedas antiguas, guardadas quién sabe durante cuántos siglos. Efigies anacrónicas, leyendas ya incomprensibles. El celo de su poseedor no las entregó ni ante el ahogo de la miseria ni ante el aguijón del hambre. Y ahora servirían para comprar el dibujo de un pájaro.

Héctor marchó a Ciudad Real seguido de la escolta de "principales". Cuando se cansaba de montar a caballo sus tayacanes tenían lista la silla de mano. A lomo de indio pasó Héctor los tramos más peligrosos del camino.

Los indios se prestaron sumisos a esta exigencia. Era una condición para hacerse merecedores, al regreso, de transportar el sello.

Porque el sello, los aleccionó Villafuerte, es un objeto muy codiciado. Para que los ladrones no se apoderen de él es preciso actuar con disimulo. Si se finge que el viaje tiene otro propósito, comerciar por ejemplo, nadie lo estorbará.

Así que en Ciudad Real Héctor compró grandes cantidades de mercancía: víveres, candelas y, especialmente, trago. En uno de tantos bultos que los indios cargaban iba el famoso sello.

Y en Tenejapa Héctor Villafuerte consiguió un local para abrir su tienda. Aquellos cinco mil pesos (cuatro mil novecientos noventa, para ser exactos, porque el sello le costó diez) fueron la base de su fortuna. Héctor prosperó. Pudo volver a casarse, ahora sí a su gusto. La muchacha era joven, sumisa y llevó como dote una labor de ganado.

Pero Héctor no quiso renunciar a su puesto de secretario municipal. En su trato con los demás comerciantes le daba prestigio, influencia, autoridad.

Y además los sellos no duran siempre. El que usaba entonces ya se estaba gastando. Ya los rasgos del águila eran casi irreconocibles. Ya parecía un borrón.

# Cuarta vigilia

La niña Nides despertó a medianoche con la camisa de manta empapada en sudor. ¡Dios mío, ahora sí había estado a punto de suceder! Venían los carrancistas, los carranclanes, que son como las arrieras y que no respetan nada; tocaban fuerte —ton-ton— con la aldaba de hierro contra la puerta grande de madera. La niña Nides corría enloquecida por toda la casa, buscando un escondite para el cofre...

Por fortuna, despertó en el momento mismo en que los carrancistas estaban a punto de tumbar la puerta. Con sus dedos nudosos, torcidos, de reumática, la niña Nides tacteó en la oscuridad hasta dar con los cerillos. Prendió la vela de sebo. Un resplandor vacilante y amarillento se difundió por la habitación. El perfil de la vieja se proyectaba, grotesco, sobre las paredes desnudas. En uno de los rincones se advertía aún la mancha descolorida donde estuvo el cofre.

La niña Nides contempló esa mancha, con fijeza, durante algunos segundos. Hasta entonces la certidumbre de lo real se impuso a los terrores de su sueño: el cofre estaba a salvo, no importaba que llegaran los carrancistas.

¡Cuánto había dudado antes de poner el cofre en seguridad! La niña Nides subía y bajaba libros, pensando en las maneras y las coyunturas. Por fin una tarde se asomó a la puerta de calle. Había unos cuantos niños jugando chepe-loco de una esquina a otra; pero ellos, en su entretenimiento, no se fijarían en nada. Desde lejos la niña Nides vio venir a un chamula, de partida suelta, y como mandado a hacer para lo que ella meditaba. La niña Nides le hizo una seña rápida y se ocultó detrás de la puerta para esperarlo.

El indio entró con sus calzones arremangados hasta la pantorrilla y el machete envuelto en su chamarro.

—¿Cuánto vas a pagar? —preguntó antes de saber en qué consistía el trabajo.

La niña Nides contestó una cifra cualquiera: veinte reales. El chamula se rascó la cabeza, sin comprender si era mucho o poco. Pero aceptó.

Caminaron juntos hasta el lugar que la niña Nides le señaló al indio, un lugar que ella había escogido cuidando de no perjudicar las raíces de los árboles frutales.

—Deja a un lado tu machete porque no te va a servir, marchante —le dijo la niña Nides al hombre mientras le entregaba una coa.

Antes de agarrarla el indio volvió a preguntar por su paga. ¡Qué terco!

—Ya te dije que veinte reales.

—Sí, dijiste, dijiste. Pero a la mera hora, cuando yo haya acabado el trabajo, te ponés a gritar que soy un ladrón y me sacan a empujones de la casa.

La niña Nides le dijo que no, que no fuera bruto y que se apresurara porque les iba a caer la noche.

El hombre empezó a cavar. Un hoyo grande, porque la niña Nides se acordaba bien del consejo de su abuela: que quepa holgadamente el cofre y que todavía quede lugar para un cuerpo. En casos así no sirve de nada cortar la lengua del que te ayudó. Vienen y señalan y otros desentierran lo que enterraste.

La niña Nides se había sentado en el tronco de un árbol para observar el trabajo del indio. Las paletadas de tierra salían abundantes, regulares, y se iban amontonando a un lado del agujero. Si sigue así terminará pronto, se dijo la mujer. ¡Qué bueno! Ahora sí, que vengan los carrancistas cuando se les antoje.

El acarreo del cofre no fue cosa del otro mundo. Con una sola mano lo levantó el indio y cuando estaba agachado para depositarlo en el fondo del agujero, la niña Nides se aproximó por detrás y le descargó un golpe con la parte plana de la coa. El hombre no alcanzó ni a quejarse. Su cuerpo cayó desguanzado, al fondo.

La niña Nides arrojó encima el chamarro y empezó a cubrirlo de tierra con la misma coa. ¡Qué fatiga! No estaba acostumbrada a tales trajines y los dedos se le agarrotaban y un calambre le paralizaba la espalda. Cuando terminó estaba sudando, lo mismo que ahora, al despertar de la pesadilla.

La niña Nides recogió el machete que el indio había apoyado contra la pared. Era de buena clase y no muy viejo. Así que fue a guardarlo en el cuarto de chácharas, junto con la coa.

Sacando fuerzas de flaqueza, porque a su edad ya no estaba para esas danzas, la niña Nides regresó al lugar del entierro para apisonarlo y sembrar una mata de malva que le sirviera de seña.

Temblorosa de frío, ahora que el sudor se había secado, la niña Nides volvió a mirar con inquietud la mancha descolorida donde estuvo el cofre. Para borrarla hubiera sido necesario lavar todo el piso con bastante jabón y con un cepillo fuerte. Pero ella, con sus años y sus achaques, no tenía alientos para eso.

—Y si llamo a alguno para que me lo haga se le va a calentar la cabeza imaginando dónde escondí el cofre.

La niña Nides se puso de pie dificultosamente y trató de arrastrar su cama para colocarla encima de la mancha. Pero el mueble era demasiado pesado (en él durmió siempre su abuela) y no había otro en la habitación.

La niña Nides se sentó, desalentada. Nunca, hasta ahora, había reparado en la escasez de su ajuar. Su abuela, una mujerona enorme y con un bocio que le enronquecía la voz y se la hacía brotar como del fondo de una marmita, no tuvo mejor alojamiento. Y andaba tan mal trazada que en una ocasión un forastero, compadecido de su miseria, le había dado una caridad en la calle. Doña Siomara la aceptó con una risita socarrona de agradecimiento. ¡Ella, que era la dueña de tantas fincas en la tierra fría y de las mejores casas de Ciudad Real! Pero no le gustaba presumir. Y ahorraba en todo lo que podía. Cuando llegaban semaneros de sus ranchos, ordenaba que no se pusiera al fuego ni la olla del cocido, que era la comida diaria, sino que se aprovecharan todos de las tostadas y el pozol que los indios traían como bastimento.

—De grano en grano llena la gallina el buche, solía decir doña Siomara. ¿Dónde están los que se hartan, los que se echan todo el capital encima, en lujos y francachelas? Corriendo borrasca, en la calle de los compromisos y las deudas, agenciándose su ruina.

En cambio doña Siomara tenía sus cofres llenos de centenarios de oro y de cachucos macizos de Guatemala. No permitía que nadie se les acercara. Nadie. Sólo su nieta preferida, Leonides Durán.

Porque la niña Nides, como le dijera desde que nació, era distinta de las otras. Ni fue traviesa de criatura, ni loca de muchacha. No andaba el día entero asomándose a los balcones, ni se rellenaba el busto con puñados de algodón, como sus primas, para ir a los bailes. Nunca se ocupó de disimular sus defectos.

—Si alguno te busca, le decía la abuela, que vaya sobre seguro y no después se llame a engaño. Además de que vos tenés con qué toser fuerte aquí y en cualquier parte. Porque uno de estos cofres, el más grande, va a ser el tuyo.

La niña Nides miraba el cofre, su cofre, y ya no le importaba que no le llevaran serenata, ni le dijeran piropos en las kermeses, ni le mandaran camelias envueltas en papel de china cuando iba a dar vueltas al parque. Sus diversiones eran otras. Cuando la abuela y ella se quedaban íngrimas en el caserón, abrían los cofres para contar el dinero. ¡Con qué ruidito tan especial se rasgaba el papel de los cartuchos y se iban desparramando las monedas en su regazo! ¡Cómo pesaban allí! ¡Y qué olor agrio y penetrante emanaba de ellas!

Si el día era bueno, doña Siomara y la niña Nides salían al patio y, después de cerrar bien todas las puertas, hacían un tendal de dinero sobre los petates. Las dos miraban los reflejos del oro y la plata y se sonreían sin hablar.

Así fue como pasó el tiempo y las primas de la niña Nides fueron casándose una por una: María con un tendero, Hortensia con un boticario, Lupe con un enganchador. Habrían podido encontrar partidos mejores si hubieran tenido paciencia. Doña Siomara no iba a ser eterna. Pero las muchachas nunca entendieron lo que les convenía y se pagaron de su gusto. Luego vinieron los hijos.

Todas las noches iban las tres, acompañadas de sus maridos, a visitar a doña Siomara; y hablaban de las novedades y se quejaban de sus penas. Pero en el fondo nadie pensaba más que en los cofres.

De repente, nadie supo cómo, empezaron a correr rumores; que si estalló la revolución en México, que si van a entrar los villistas, que si van a entrar los carrancistas. Ciudad Real se llenó de muertos, de un bando y del contrario. Y los que tenían dos dedos de frente y un quinto en la bolsa, consideraron que era mejor emigrar a Guatemala.

Menos doña Siomara, que se mantuvo en sus trece; que al ojo del amo engorda el caballo, que el que tiene tienda que la atienda. ¿Para qué majar en hierro frío? No se quiso ir. Enterró todos los cofres en el traspatio de la casa y en el último agujero enterró también a un chamula.

¿Pero qué secreto se podía guardar en aquellas confusiones? Lo que no se sabe se inventa. Y antes de que a doña Siomara se le pasase la idea por la cabeza, ya la gente la había dado como un hecho y andaba bulbuluqueando por las esquinas que había enterrado su dinero.

Y claro, cuando llegan los carrancistas ¿qué es lo primero que hacen? Pues agarrar presa a doña Siomara "por ocultamiento de bienes" y amenazarla de muerte si no revelaba el escondite de sus tesoros.

Dicen que la vieja se estaba secando en la cárcel, que hasta el güegüecho se le veía chupado, como de jolote. Pero no era de hambre ni de miedo, sino de una especie de obstinación. Estaba decidida a no hablar.

Pero mientras se resistía los otros fueron y catearon su casa. Levantaron planchones en los cuartos, abrieron boquetes en los muros, derribaron alacenas. Hasta dar con el entierro en el traspatio.

Cuando doña Siomara salió de la cárcel encontró sus cofres muy sacudidos por fuera, sin una brizna de polvo y repletos de bilimbiques por los que los carrancistas cambiaron las monedas.

¿Quién sobrevive a colerón semejante? Doña Siomara murió delirando mientras la niña Nides no se despegaba de su cabecera. A ella le dictó su última voluntad; que repartiera los cofres entre las nietas. Y que se quedara, como se lo había prometido siempre, con el más grande.

Al velorio no asistió nadie. ¿Quién iba a tener una atención que recordar de la difunta, ni un compromiso que cumplir, ni un favor que agradecer, ni un beneficio que esperar? Y los maridos de Hortensia, María y Lupe andaban emborrachándose en las cantinas y gritando a los cuatro vientos su despecho por una herencia que se les había convertido en agua de borrajas.

Así que la niña Nides, sola y su alma, amortajó a la difunta y la acompañó al panteón y repartió los cofres como se le había indicado.

Mientras tanto algo pasaba en el gobierno, pues nadie podía comprar porque no había qué, ni vender porque nadie tenía dinero y los víveres estaban por las nubes. El caso es que cuando se aplacó el vendaval nada había quedado en su sitio. Las casas de doña Siomara estaban en poder de unos cualquieras y de los ranchos desaparecieron todas las cabezas de ganado y, al fin, vinieron los agraristas para hacer "viva la flor" con los demás.

La niña Nides se fue con su cofre a vivir a un cuarto redondo, que ni excusado tenía, y a cada rato había de pasar la vergüenza de pedir el favor de un lugarcito a las vecinas.

¿De qué se iba a mantener? Oficio no le había enseñado su abuela más que el de contar centenarios y cachucos y sacarlos a asolear. Tampoco estaba ya en años de aprender.

Pero resulta que dios aprieta, mas no ahoga y la niña Nides tenía la gracia de leer con claridad. Así que aunque no hubiera sido nunca muy devota, empezaron a solicitarla para que rezara las novenas. A la gente le gustaba el modo con que impostaba la voz y ponía énfasis en las palabras más insignificantes y hacía unas pausas misteriosas y como cargadas de augurios y promesas.

Desde temprano la niña Nides se iba a la catedral y, arrodillada ante el altar del santo de la devoción de quien pagaba el encargo, lo iba despachando con lentitud y minuciosidad.

Años más tarde sus primas comenzaron a levantar cabeza. Con el favor de dios los negocios de sus maridos no eran de ranchos. Y Hortensia compró, con sus ahorros, un sitio de árboles frutales en las orillas del pueblo. ¿Qué le costaba mandar a hacer una casita de tejamanil para la niña Nides? Además ella podía vigilar que no entraran los indiezuelos a robar los duraznos y las manzanas y los perones.

La niña Nides se hizo de la media almendra para cambiarse. El sitio estaba muy lejos y a ella, con su reuma, se le iba a dificultar venir hasta el centro a hacer sus mandados. Además, si entraba un ladrón (la niña Nides dijo ladrón, pero estaba pensando en los carrancistas) ¿quién iba a defender su cofre?

—¡Bonito apuro! Replicó Hortensia. Un cofre lleno de bilimbiques. Nosotros hace tiempo que quemamos el nuestro.

La niña Nides frunció el ceño. ¡Quemar su cofre! No faltaba más y sólo que estuviera loca. Pero no le gustaba discutir y cuando le hablaron de la ventaja de que no tendría que pagar alquiler, se decidió. Además, desde que el gobierno había cerrado las iglesias, lo de las novenas casi no le dejaba ni para irla pasando.

La niña Nides vivía en la huerta con más desahogo. Cuando los mocitos y las criadas llegaban a recoger la fruta, ella vigilaba que llenaran los canastos. Si otra hubiera sido habría hecho su apartado de priscos maduros. Pero a la niña Nides ni por aquí se le pasaba aprovecharse de algo. Ella comía lo suficiente en casa de sus amistades.

Se sentaba a la mesa ajena sin avidez, sin humillación y acaso sin gratitud. No se apresuraba a hacer un favor menudo, que era cuestión de la servidumbre; no se prestaba a transmitir un chisme escandaloso ni a escuchar confidencias inoportunas. ¿Por qué voy a rebajarme si tengo mi cofre?, se decía. Valgo tanto como cualquiera. Todos la respetaban y su presencia muda había llegado a ser tan habitual que, cuando faltaba, las dueñas de casa mandaban informarse por su salud o le enviaban un bocado "para el hoyito de su muela", con la recomendación de que volviera lo más pronto posible.

Con esos bocados se mantenía la niña Nides cuando el reumatismo se le recrudecía por la humedad y se encerraba a untarse linimentos.

Estaba contenta porque del dinero de su cofre todavía no había tenido que echar mano, ni en los tiempos de mayor apuro, cuando le vino aquella gravedad y hubo hasta junta de médicos. Allí sí que fue muy lista, porque se hizo la moribunda y los demás dijeron que era una desgracia, pero no hubo más remedio que afrontar los gastos. Les dio remordimiento que una nieta de doña Siomara Durán fuera acabarse en el Hospital Civil, como cualquier limosnera.

Aunque una vida como la de la niña Nides, cuchicheaban cerca de su cama, ¿para qué sirve? Y sin embargo la enferma quería vivir, se aferraba a la vida con una tenacidad de esas que no desperdician su energía en ningún aspaviento, pero que se ejerce sin tregua.

Pese a las predicciones de los médicos y al fácil pesimismo de sus parientes, la niña Nides vivió. ¿Cómo iba a morir dejando desamparado el cofre?

En cambio ahora ya estaba en paz. En el fondo de un agujero, bajo el cadáver desnucado de un chamula, reposaba su tesoro.

—Dicen que donde hay un cuerpo aparece un espanto, dijo la niña Nides y un escalofrío de terror estuvo a punto de nacer en su espinazo. Involuntariamente volvió la cara hacia fuera y, al través de la ventana y de la oscuridad, trató de distinguir la mata de malva.

Una risa ronca, esa risa convulsiva que en los viejos pronto se convierte en tos, la sacudió durante un momento.

—¿Pero cómo va a aparecer un espanto si el cuerpo era de un indio, no de una gente de razón?

Tranquilizada, la niña Nides apagó la vela y se acostó. Iba a dormir un rato más. Todavía faltaba mucho para que amaneciera.

# La rueda del hambriento

*pero dadme*
*en español*
*algo, en fin, de beber, de comer, de vivir, de*
*reposarse,*
*y después me iré.*

César Vallejo

Alicia Mendoza despertó con dolor de nuca y espalda. ¡Qué viaje tan largo! Horas y horas en el autobús. Y el retraso porque habían tenido que pararse a cambiar una llanta. Durante todo el camino el motor había roncado dificultosamente.

El paisaje no era como para llamar la atención. Tierras áridas, plantas desérticas. Por Oaxaca pasaron cuando ya había anochecido. Alicia se asomó a la ventanilla, pues quería escribir a su amiga Carmela y contarle que había conocido esta ciudad, la más importante de la ruta. Pero no alcanzó a ver más que el ajetreo y el bullicio de la estación.

Alicia se esforzó por dormir el resto de la noche. El asiento era incómodo y una vecina demasiado gorda le robaba espacio. Pero se las arregló de alguna manera para acomodarse y no despertar sino cuando ya estaba amaneciendo.

—¡Qué frío hace!, musitó echando el aliento entre el hueco de sus manos. El autobús avanzaba en medio de una neblina espesa. Por algún resquicio de ella se veían pasar fugazmente las crestas de los cerros, las ramas de los pinos.

Alicia iba a cerrar otra vez los ojos cuando su vecina le advirtió:

—Es mejor que esté pendiente. Ya vamos a llegar.

Sonreía, bien arrebujada en un fichú de lana. Parecía deseosa de entablar conversación. Pero Alicia se había desentendido de ella. ¿Ciudad Real era ese pueblo cuyas primeras casas se desperdigaban por el campo? No se lo había imaginado así. Cuando le dijeron que iría a Chiapas pensó inmediatamente en la selva, los bungalows con ventiladores —como en las películas—, los grandes refrescos helados. En cambio ese frío, esta niebla, estas cabañas de tejamanil... ¡Qué lástima! La ropa que se había comprado no iba a servirle para nada.

Tendré que gastar mi primer sueldo en un abrigo, pensó saboreando con orgullo las palabras: "mi primer sueldo". La madrina de Alicia había muerto con la preocupación de no haberle podido dar ni un oficio ni una carrera.

—¿Qué vas a hacer cuando yo te falte?, se lamentaba. Si al menos te viera yo tomar estado...

¡Cómo si fuera fácil! Para monja no tenía vocación y para casada le faltaba el novio.

"Chiquita pero mal hecha." Así definió una vez a Alicia un pelado de la calle. No resultaba atractiva para los muchachos; la sabían de buen corazón y le dispensaban un afecto fraternal. Poco a poco fue convirtiéndose en confidente de todos los jóvenes de la palomilla. Les guardaba los secretos, les servía de correveidile, les aconsejaba en sus dificultades y esperaba, sumisamente, el turno en aquellos incesantes cambios de pareja que se sucedían a su alrededor.

Su madrina la dejaba estar. ¡Pobre Alicia! Huérfana y con una madrastra que la aborreció desde el principio y que jamás quiso hacerse cargo de ella.

pas está muy lejos y no voy a tener quién vea por mí; que el sueldo es una bicoca..." No importa, se replicaba a sí misma con impaciencia. Hay otras ventajas. Si la hubiesen obligado no habría acertado a enumerarlas. Pero en realidad se soñaba viviendo la gran aventura en la jungla, con un profesionista soltero, apuesto y enamorado. El final no podía ser otro que el matrimonio. Y Alicia, esposa ya del doctor, se afanaba poniendo cortinitas de cretona en las ventanas de la clínica y criando a sus hijos (muchos, todos los que dios quisiera) en la atmósfera saludable del campo.

Alicia malbarató la herencia de su madrina, se hizo de ropa (vestidos escotados, por aquello del calor, pero decentes) y compró un boleto de autobús. A la estación fue a despedirla Carmela.

—¿Es la primera vez que viene usted a Ciudad Real? —indagó su vecina.

—Sí.

—Tendrá usted familia o intereses por estos rumbos.

—No. Vengo a trabajar.

—¿Con el gobierno?

Había ya cierta suspicacia en su voz.

—En la misión de ayuda para los indios.

—Ah.

El monosílabo fue pronunciado con un tono sarcástico que Alicia no comprendió. Quiso reanudar la plática, pero su vecina parecía muy ocupada en contar los bultos del equipaje y descendió del autobús sin decirle adiós.

La niebla se había disipado ya, pero el día era desapacible y opaco. Las mujeres cruzaban por la acera embozadas en gruesos chales negros.

—¿Le llevo su maleta, señorita?

El que así se dirigió a Alicia era un niño como de diez años, descalzo y con el pelo hirsuto. Muchos otros se arremolinaron a su alrededor para disputarle el trabajo. Los ahuyentó con golpes y amenazas. Ya vencedor repitió su pregunta. Alicia titubeó un momento, pero no tuvo más remedio que aceptar.

—¿Hay algún hotel no muy caro y que sea decente?

El niño asintió y ambos echaron a andar. La plaza, los portales. El reloj de catedral dio ocho campanadas. A cada momento Alicia tenía que desviarse para no chocar con los indios quienes, agobiados por su carga, andaban de prisa, acezantes. Otros estaban sentados plácidamente en las banquetas, espulgándose o registrando la red de su bastimento. Al pasar junto a uno de ellos el niño le propinó un fuerte coscorrón en la cabeza. Alicia reprimió un grito de alarma; temía que de aquí resultara un incidente largo y molesto. Pero el indio ni siquiera se volvió a ver quién lo había golpeado y Alicia y el niño continuaron su camino.

—¿Por qué le pegaste? —preguntó ella, al fin.

El niño se rascó la cabeza, con perplejidad.

—Pues... porque sí.

En el ánimo de Alicia luchaban su timidez natural y su natural rectitud. Se atrevió a aconsejar al niño, procurando despojar a sus palabras de toda aspereza, de toda acritud, que no repitiera su hazaña, pues no siempre saldría tan bien librado.

—Alguno te puede contestar... y son hombres mayores, más fuertes que tú...

El niño sonreía socarronamente.

su destino era la clínica de Oxchuc. Pero los caminos estaban ahora intransitables por las lluvias. No quedaba más remedio que esperar unos días de canícula, una coyuntura favorable para partir. Mientras tanto Alicia no tenía ninguna tarea obligatoria. Deambulaba por las oficinas cuyo funcionamiento jamás llegó a descifrar. Había legajos de papeles, archiveros, máquinas de escribir, secretarias. Algún timbre sonaba alguna vez perentoriamente. Se suscitaba un pequeño revuelo, cuyas consecuencias jamás eran percibidas, y luego volvía a reinar la calma. Bostezos, miradas impacientes o furtivas al reloj, un crucigrama apasionante, un bordado clandestino. Y al salir todos los empleados sonreían con la satisfacción de haber cumplido su deber.

Alicia procuraba hacerse amable. Pero a sus tímidas insinuaciones las empleadas coletas respondían con esa reticencia astuta de los provincianos. Querían sonsacarle sus secretos, si algunos tenía, para burlarse. Pero ellas jamás soltaban prenda.

Decepcionada, Alicia se iba afuera. En el corredor (de una casa enorme que se construyó con las vagas intenciones de servir de seminario o convento) estaban los indios: amontonados, malolientes e idénticos, aguardando que solucionaran sus asuntos. Líos de tierras con los hacendados, reclamaciones de trabajo con los enganchadores. Hablaban mucho y muy vivamente entre sí. Alicia les sonreía tratando de serles simpática. Pero ellos no comprendían la intención de su gesto.

Acabó por solicitar audiencia con el director. Le remordía la conciencia su inactividad y quería ver si no era posible que la utilizaran en algo. El director sonrió afablemente.

—No se preocupe usted. Ya llegará su turno. Aquí, como no tenemos clínica, una enfermera no puede hacer nada. Lo que necesitamos son abogados.

—Dicen que en Ciudad Real sobran.

—Pero ninguno ha querido colaborar con nosotros. Para ellos significaría una traición a su raza, a su pueblo.

—¿Y por qué no traer uno de México?

—Nuestros recursos son muy limitados. No podemos contratar a un profesionista competente, incluso con cierto prestigio. Tenemos que conformarnos con lo que caiga.

Alicia enrojeció violentamente.

—Señor director, yo...

—No, no quise ofenderla. Yo también soy improvisado. Claro que tengo experiencias anteriores; he administrado asuntos. Pero lo que aquí sucede es tan distinto... En fin, por lo menos se tiene buena voluntad. Y eso se lo exige la asociación que nos refacciona con el dinero.

El director se puso de pie para dar por terminada la entrevista.

—En cuanto a usted, no se preocupe. Váyase a su cuarto y descanse. De los indios tendrá usted que aprender una cosa: que el tiempo no tiene ninguna importancia.

Llovía incesantemente. La mañana iba nublándose poco a poco y al mediodía se desataba un aguacero violento que golpeaba con furia los tejados. En el interior de su cuarto Alicia cepillaba sus ropas, llenas de los hongos verdes que hace brotar la humedad.

—¿Cuándo saldré de aquí?

La imposibilidad de marcharse de Ciudad Real la angustiaba. Un día se sorprendió pensando: "el doctor tampoco puede salir de la clínica". Y desde entonces su angustia fue más honda.

—No se queje usted, le recomendaba Angelina, la secretaria del director. Es preferible estar aquí que en Oxchuc.

—¿Es un pueblo muy triste?

—Ni a pueblo llega. Dos o tres casas de ladinos y lo demás la indiada. Muchas veces no se consigue ni qué comer.

—¿Y qué hace el doctor? ¿Quién lo atiende?

—¿Salazar? Yo me imagino que ha de estar compatiado con el diablo. Se pasa meses y meses sin buscar un pretexto para venir a Ciudad Real. Y cuando viene ni habla con nadie, ni enamora a las muchachas. Se pone unas borracheras sordas y el resto de su dinero lo gasta en relojes. Dicen que tiene un montón.

Un desengaño amoroso, decidió Alicia. Eso es lo que hace al doctor Salazar tan huraño. La hipótesis la halagaba. Después de una experiencia semejante es cuando un hombre aprecia en lo que valen los buenos sentimientos de una mujer. Y estos buenos sentimientos eran la especialidad de Alicia. A partir de entonces pudo contemplarse en el espejo con menos inquietud.

—¿Y cómo es el doctor Salazar? ¿Guapo?

Angelina quedó pensativa. Nunca se le había ocurrido considerarlo desde ese punto de vista.

—No sé... es... Es titulado.

Para ella, y para todas las solteras de Ciudad Real, eso era lo más importante. Un buen partido. Al que podían aspirar las ricas, las hijas de los finqueros, de los grandes comerciantes. No una simple mecanógrafa. ¿Para qué iba a perder el tiempo viéndolo con mayor atención?

En junio las lluvias amainaron un poco.

—Los caminos todavía no están secos, dijo el director. Pero no podemos esperar más. Enviaremos víveres y medicinas a Oxchuc. Ésta es una buena ocasión para que usted vaya.

Alicia alistó sus maletas con el corazón palpitante de alegría. ¡Por fin! Compró, por su cuenta, varias latas de conservas. Y, para colmo de lujos, una de espárragos. Estaba segura de que le gustarían al doctor.

Partieron a la mañana siguiente, muy de madrugada. Las calles de Ciudad Real estaban casi desiertas. No obstante, los escasos transeúntes se detenían, escandalizados y divertidos, a contemplar el espectáculo de "una mujer que monta como hombre". Alicia se sentía incómoda bajo de esas miradas, pues era la primera vez que se subía a un caballo y estaba, a cada momento, a punto de caer.

Adelante iban los arrieros y la carga. Alicia iba hasta atrás. El caballo comprendió de inmediato que su jinete no ejercía ningún dominio sobre él y se aprovechaba para caminar con desgano, para correr intempestivamente y para estornudar sin motivo.

Alicia iba demudada de espanto. Los arrieros reían, con disimulo, de su ineptitud.

Era apenas el principio. A la planicie inicial comenzaron a suceder los cerros. Escarpados, pedregosos, surcados de veredas inverosímiles. Las bestias resbalaban en las lajas enormes, se desbarrancaban en las laderas flojas. O se atascaban, con el lodo hasta la panza, debatiéndose desesperadamente para avanzar.

Alicia miró su reloj. No habían transcurrido más que dos horas. ¿Cuánto faltaría aún? preguntó. Cada arriero dio una respuesta diferente.

—Lo que falta es poco y pura planada, dijo uno.

—Puro pedregal, dirás, refutó otro.

—Si acaso son cuatro leguas.

—¡Qué esperanzas! Llegaremos con luna.

Entretanto el camino continuaba desarrollándose, indiferente a todas las predicciones, variando hasta el infinito sus obstáculos, proponiendo cada vez nuevos peligros.

—Ya está oscureciendo, observó con sorpresa Alicia. Consultó nuevamente su reloj. Eran las tres de la tarde.

—Es la neblina, explicó un arriero.

—Por estos rumbos siempre está nublado. Dicen que es culpa de santo Tomás, el patrón de Oxchuc.

—¿Y por qué, vos?

—Es un santo muy reata y muy chingón. Comenzando porque no creía en nuestro señor Jesucristo...

—¡Hiju'e la gran flauta!

—¿Yday?

—Pues ahí tienen ustedes que un día santo Tomás tiró al cielo una piedra, asinota de grande.

—¡Ah, qué fregar! no me vas a decir que el cielo se cayó.

—¿Y qué querías que hiciera? Nuestro señor Jesucristo no quiso levantarlo. Que le sirva de escarmiento a ese tal por cual, dijo. Que lo levante el que lo haya derrumbado. Y desde entonces santo Tomás hace la fuerza, todos los días. ¡Pero qué va a poder! Aguanta un poco; y luego el cielo lo vence y se derrumba otra vez. Como si dijéramos, ahorita. Sientan cómo nos está cayendo encima. Es lo que nombramos niebla.

—¿Y no van a encender las lámparas? —indagó con aprensión Alicia.

—No precisan, patrona; los caballos conocen su querencia.

Uno de los arrieros se había quedado con una grave duda teológica.

—Oí vos, ese nuestro señor Jesucristo que acabás de mentar, ¿es el mismo que manija san José?

Ninguno se dignó contestarle. Hubo sólo una risa burlona.

El resto del viaje lo hicieron a ciegas. A los terrores ya conocidos, Alicia añadió otros mil imaginarios: abismos, despeñaderos, víboras repentinas. Cada uno de sus músculos estaba crispado. Entonces comenzó a llover.

Llovió toda la noche. La lluvia se filtraba a través de la manga de hule, del sombrero de palma, hasta calar el cuerpo aterido de los viajeros, Alicia gemía sordamente a cada vaivén del caballo, a cada torpe reculón. Las lágrimas tibias, saladas, se mezclaban al agua que le empapaba las mejillas.

—¡No se me raje, patrona, que ya vamos a llegar!

Alicia no creía en estos consuelos. ¿Desde qué horas "ya iban a llegar"? No llegarían nunca, a ninguna parte. Estaban condenados a errar siempre en las tinieblas.

Primero fue una luz amarillenta y vacilante, a mucha distancia. Luego otra y otras más próximas. Oxchuc estaba a la vista.

La inminencia hizo intolerables los últimos kilómetros. Cada paso del caballo debería de ser el último y no lo era. Para soportar el siguiente, el cansancio de Alicia tenía que hacer un esfuerzo sobrehumano.

Salieron de los jacales perros que ladraban su hambre, no su cólera, y alguna ventana se abrió tímidamente. Alicia no pudo ni volver el rostro porque tenía la nuca agarrotada. Empezaron a aparecer algunas precarias construcciones de adobe y de pronto, incongruentemente, estuvieron frente a la mole de una iglesia sólida y de un Palacio Municipal definitivo.

—Allá está la clínica, señaló un arriero.

Por más que se empeñase, Alicia no podía vislumbrar nada entre las sombras. Un rato después todos se detenían frente a una casa, igual en tamaño y forma a las del resto del pueblo. Sólo se distinguía por unas letras enormes, las iniciales de la misión.

—¿Ésta es la clínica? —preguntó Alicia con desaliento.

—Tiene chimenea, alardeó uno de los arrieros.

—Para entrar se necesita la llave. El candado está puesto. Ha de haber salido el doctor.

—¡Ya nos amolamos!

—Hay que ir a buscarlo.

—Que vaya Sabás; ese conoce sus bebederos.

—¡Pero que vaya pronto! —urgió Alicia.

Se llevó la mano a la boca, asustada por el tono perentorio de su voz. Los arrieros no habían reparado en él sino para apresurarse a obedecerla.

Alicia no pudo desmontar sin la ayuda de todos. Estaba paralizada de frío y el terror había impuesto a sus músculos una incoercible rigidez. Casi arrastrándola, los arrieros la arrimaron a la pared de la clínica. Allí se guareció bajo un saledizo de tejas. Acurrucada, para escapar a las salpicaduras de la lluvia y guardar el escaso calor de su cuerpo, Alicia se quedó dormida. No despertó sino hasta que el sol estaba ya bien alto. Alguien le decía, sacudiéndola por los hombros:

—Aquí está ya el doctor, patrona.

Alicia se pasó las manos sobre el rostro, contrariada. ¿Cómo iba a presentarse así, maltrecha y sin arreglar? ¡Dios mío, no era capaz siquiera de ponerse en pie! Hizo un esfuerzo que no la condujo más que a una caída ridícula. Cuando alzó los ojos Alicia vio a un hombre que la observaba con burlona curiosidad.

—¡Con que ésta es la enfermera que vino a sacarme de apuros!

Alicia lo contemplaba ávidamente. ¿Qué edad podía tener este hombre? Era difícil adivinarlo bajo la barba crecida de semanas y la lividez que deja una noche de insomnio y alcohol. Su aspecto era tan deplorable como el de la recién llegada.

Salazar debió darse cuenta de que lo estaba examinando porque abruptamente giró sobre sus talones. Empuñaba la llave de la clínica. De espaldas parecía fornido, gracias a la chamarra de cuero con que se cubría.

Alicia le dio alcance en el patio. El doctor estaba contando y revisando los bultos que los arrieros habían traído. Refunfuñaba.

—Como de costumbre, nada de lo que necesitamos. Muestras de laboratorios, sobras de las medicinas que usan los ricos. Sedantes nerviosos, naturalmente. Ni una vitamina, ni un antibiótico. ¡Me lleva el carajo!

Alicia emitió un ¡oh! levísimo. Salazar no iba a tomarse la molestia de pedirle disculpas. La miró con severidad.

—Por lo menos sabrá cocinar. Estoy hasta el copete de estas inmundas latas de sardina.

—Sí, doctor. También traje algunas provisiones —exclamó Alicia encantada de demostrar sus habilidades— ...pero vengo tan sucia que antes que nada quisiera tomar un baño.

—¿Un baño? repitió Salazar como si acabaran de pedirle peras a un olmo. Luego hizo un ademán de indiferencia. Si quiere ir al río tendrá que caminar una legua. Y a pie. Además, le prevengo que a estas horas el agua está helada.

Los arrieros soltaron la risa. Trémula de humillación, Alicia tuvo que conformarse con remojar una toalla y pasársela sobre la cara. Se cambió los pantalones llenos de lodo por un vestido arrugado y con este atuendo hizo su primera incursión en la cocina.

Si sus guisos fueron del gusto del doctor nunca lo supo. Contaba con muy escasos medios y hacía prodigios para darles un sabor variado y una presentación aceptable. Pero Salazar comía en silencio, con un periódico viejo desplegado siempre frente a sí.

—¿Qué es lo que lee usted? —se atrevió a preguntarle una vez Alicia.

—Las noticias del mundo, condescendió a responder Salazar, como se responde a los niños o a los imbéciles.

—Pero lo que dice allí sucedió hace mucho tiempo.

—Entonces ya no será noticia, sino historia. Además, ¿qué tiene que ver el tiempo? Nada cambia. Todo sigue siempre igual.

Alicia recogió los platos. En una artesa de lámina fue lavándolos, uno a uno, produciendo un ruido deliberado y pertinaz.

—Cuando usted disponga, doctor, estoy lista para ayudarle en el consultorio, anunció Alicia unos días después.

Salazar levantó los ojos, molesto por la interrupción.

—¿Qué ya no hay nada qué hacer en la casa?

Alicia no se sentía mortificada por estar desempeñando los menesteres de una sirvienta. Pero estaba segura de que la reclamaban otras tareas más importantes.

—Conseguí que viniera a ayudarme una muchachita. Está todo en orden. Lo que no hemos logrado es que funcione la chimenea. Y con este frío.

—La chimenea es un adorno. El tiro no sirve.

Alicia no se sorprendió. ¿Qué otra cosa podía esperarse? Pero no se trataba de esto. Entrelazó las manos, como en espera de instrucciones. Salazar percibió la expectativa y para romperla insistió:

—Así que no hay nada pendiente...

—Salvo su cuarto, doctor; como usted lo deja con llave cada vez que sale...

—No me gusta que nadie fisgonee mis cosas.

Alicia lo había hecho, sin escrúpulo y sin resultados, desde el principio de su estancia en Oxchuc. Lo único que encontró fue un revoltijo de papeles garabateados, ropa sucia (algunas prendas de mujer, muy corrientes) y la fabulosa caja llena de relojes de todas marcas y formas.

—Un día que yo pueda vigilarla ya entrará usted a barrer mi recámara. Ahora no es posible. Voy a salir.

—Vinieron a buscarlo, doctor. Hay unas personas que quieren consulta.

—Ya no es hora. La clínica se abre de las diez de la mañana a las dos de la tarde. Ni antes ni después se atiende a nadie.

—Son unas pobres gentes. Dicen que vinieron de muy lejos; traen a su enfermo en parihuela. Les di lugar en el corredor.

—¡Pues hizo usted muy mal! Van a llenarnos de piojos y quién sabe de qué otros bichos. Desalójelos usted cuanto antes de allí.

—Pero doctor, protestó Alicia, desconcertada, no entiendo...

—Pues si no entiende limítese a obedecer. Y se lo advierto desde hoy: no tome ninguna medida sin mi consentimiento. El único responsable de la clínica soy yo.

—Está bien, doctor. Pero ahora ¿va usted a dejar que esos que están esperándolo se marchen así?

El doctor dio un golpe con el periódico sobre la mesa.

—¿Qué quiere usted? ¿Qué yo vea al enfermo? ¿Para qué? ¿Para pulsear las vueltas de su sangre? La remesa de medicinas que me enviaron ya se acabó. No tengo nada que darle. ¿Comprende usted? Nada.

—Por lo menos hable usted con ellos. Se regresarían más conformes si usted les dijera una palabra.

—Una palabra que esos indios no entienden; una palabra que me desprestigiaría a mí y de paso a la misión, porque sería falsa. Si me callo le parezco injusto a usted, lo que a fin de cuentas me viene muy guango. Si hablo pierdo la confianza de ellos. Y la necesito. Usted no los conoce. A pesar de sus modos humildes no vienen aquí a pedir un favor. Vienen a exigir milagros. No nos consideran hombres, iguales que ellos. Quieren adornarnos como a dioses. O destruirnos como a demonios.

Alicia no entendía estos razonamientos. Era ignorante; no había hecho una carrera ni tenía los años de experiencia del doctor en Oxchuc.

—Él es hombre, se decía. Sabe lo que hace, yo no tengo ningún derecho para criticarlo.

Pero no lograba disipar esa desazón que la invadía cada vez que pensaba en la conducta de Salazar.

Diciembre vino con su frío intolerable. Tiritando, Alicia se refugiaba junto a la chimenea inservible. Desde algún tiempo atrás el doctor había abandonado su periódico y se acercaba a conversar. Hablaba con animación, haciendo grandes ademanes. Alicia seguía con dificultad sus historias. Eran confusas pero se referían siempre al mismo hecho: una huelga estudiantil de la que Salazar conservaba aún cicatrices, pues la policía la había disuelto violentamente. Luego, para borrar el mal sabor de este recuerdo, evocaba los partidos de futbol contra el equipo de la universidad.

—Los del Politécnico peleábamos con fibra, se trataba de ganarles porque eran los niños bien, los ricos. Eso bastaba para que los creyéramos culpables de todo lo malo que sucedía en el mundo. ¡Qué fácil! En cambio ahora...

—¿Qué pasa ahora? —preguntó Alicia. Porque el doctor no parecía dispuesto a continuar.

—Ahora ya conozco a los pobres.

Hizo una pequeña pausa. La expresión de su rostro era la de una crueldad divertida.

—¡Qué estupidez! Durante años creí que yo era uno de ellos. Y tuve que venir a Chiapas, a Oxchuc, para darme cuenta de que ni siquiera tenía la menor idea de lo que era un pobre. Y ahora puedo decir que lo que he visto no me gusta.

Alicia no comprendía esta manera de juzgarlos. Nunca se le ocurrió considerar a los pobres como algo que se rechaza o se aprueba por las molestias que causan. Los asociaba siempre a la caridad, a la limosna, a la compasión. Estaba irritada.

—¿Por qué?

—Los ricos nos explotan, abusan de nosotros. Correcto. Pero nos dejan la posibilidad, o mejor dicho, nos obligan a defendernos. En cambio, los pobres piden, piden sin descanso. Quieren pan, dinero, atención, sacrificios. Se nos paran enfrente con su miseria y nos convierten en culpables a nosotros.

Salazar guardó silencio durante unos instantes. Parecía estar descubriendo algo.

—¿No será que yo también me he vuelto rico?

Alicia sonrió.

—Perdóneme usted, pero no se le nota.

—Digo, por dentro. De estudiante vivía con las becas del gobierno. Dormía donde me agarraba la noche. Comía cuando alguno me invitaba. Juzgaba siempre, condenaba siempre a los demás. En cambio ahora tengo un alojamiento, no muy cómodo, pero seguro. Un puesto, no muy elevado, pero digno. Gano un sueldo. Ahorro. Me compro cosas. Usted va a ver la colección de relojes que tengo.

—¿Para qué le sirven aquí, donde el tiempo no cuenta?

—Ahí está la clave, precisamente. Cuando uno puede comprar algo perfectamente inútil es que ya es rico.

Comenzó a pasearse, a grandes zancadas. Alicia lo miraba ir y venir y se acordaba que junto a la colección de relojes estaba el revoltijo de papeles y la ropa sucia y corriente de mujer. Es de su querida, le contó la muchachita que la ayudaba con el quehacer. ¡Qué asco!

—Esto complica las cosas. A veces me cuesta trabajo distinguir entre lo que está bien y lo que está mal. Y aquí, ya usted lo irá comprobando, los asuntos no están claros. Nada claros. Haga uno lo que haga siempre se equivoca.

Alicia se equivocaba. Salazar no respondía nunca a sus previsiones. Cuando ya, definitivamente, había resuelto que el doctor era un hombre a quien su profesión no le importaba un comino, lo vio entrar, exultante de alegría.

—¡Buenas noticias, criatura! Acabo de recibir de Ciudad Real una caja llena de vacunas. Ahora sí, que nos echen las epidemias que ya tenemos con qué hacerles frente.

Alicia sonrió de mala gana. Le era difícil recuperar su entusiasmo de los primeros días.

—Saldremos de gira con un intérprete y un ayudante. Usted nos acompañará; la presencia de una

136

mujer quita muchos recelos. Iremos de paraje en paraje; no quedará un solo niño expuesto a la tosferina, ni a la difteria, ni al tétanos.

La comitiva salió temprano a la mañana siguiente. Los caminos eran arduos y avanzaron con lentitud entre las piedras y los lodazales. Al mediodía llegaron a un paraje que se llamaba Pawinal.

Eran unos treinta jacales diseminados en un lomerío. Al ver llegar a los extraños la gente de Pawinal corrió a encerrarse.

—¿Por qué se esconden? —preguntó Alicia.

—Tienen miedo; sus brujos les han aconsejado que no nos reciban. Y también el cura de Oxchuc.

—¿Por qué?

—Por diferentes razones; los brujos no toleran la competencia. También curamos. O si usted lo prefiere, también ayudamos a bien morir.

—¿Y el cura?

—No sabe qué pensar. Primero dijo que éramos protestantes. Ahora dice que somos comunistas.

—¡Es una calumnia!

—¿Usted sabe en qué consiste eso de ser comunista?

—Pues... en realidad no.

—El cura tampoco. Lo dice de buena fe. Supone que representamos un peligro y es natural que quiera defender su rebaño.

Meses antes Alicia habría exclamado: "¡Es increíble!" Pero desde su llegada a Chiapas los límites de su credulidad se habían vuelto muy elásticos.

—¿Qué somos, doctor?

—¿No se lo dijeron antes de venir? Gente de buena voluntad.

—Entonces hay que decírselos.

—¿A quiénes?

—A todos. A estos indios, por lo pronto.

—Es lo que está haciendo, desde que llegamos, el intérprete. Va de casa en casa y les explica que no buscamos ningún provecho para nosotros. Que no vamos a explotarlos, como los demás ladinos. Que nuestro afán es ayudar, librarlos de la amenaza de una enfermedad.

—¡Pero ni siquiera lo escuchan! ¿Por qué echan a correr o le cierran la puerta o se tapan los oídos?

—Porque no entienden de qué les están hablando. ¡Buena voluntad! Probablemente no existan esas palabras en su idioma. Y en cuanto a la enfermedades de que los queremos librar son posibles, remotas. En cambio, con la vacuna vamos a provocarles un malestar inmediato: calentura y dolor. ¿A nombre de qué tienen que sufrirlo? De un microbio en cuya existencia no pueden creer puesto que jamás lo han visto.

—¿Entonces?

—Entonces vámonos. No tenemos nada que hacer aquí.

Alicia estaba demasiado cansada para discutir. Emprendieron el regreso. El intérprete, un ladino de Oxchuc, iba adelante. Silbaba, como si lo sucedido lo complaciera. Atrás el doctor, reconcentrado en sus meditaciones. El ayudante llevando el cargamento. Y Alicia, triste.

Por la noche, después de haber servido la cena, Alicia vino a sentarse junto al doctor. Necesitaba hablar con él, escuchar sus argumentos, la justificación de sus actos que le eran siempre incomprensibles. Preguntó:

—¿Por qué trabaja usted aquí?

—Puedo darle dos respuestas: una idealista: porque en todas partes se puede servir a los demás. Otra, cínica: porque me pagan.

—¿Cuál es la verdadera?

—Una y otra, según lo quiera usted ver. Yo estudié con muchos trabajos, con muchos sacrificios. Cuando me recibí no tenía más que un título muy modesto: médico rural. Con eso no podía abrir un consultorio ni en el pueblo más infeliz. Mi familia se angustiaba. ¡Era yo su única esperanza, desde hacía tantos años! Había que darse prisa para demostrarles que yo no era un estafador. Entonces supe que una asociación, o grupo de gentes de buena voluntad, como les gusta llamarse, planeaba enviar un médico a una clínica de Chiapas. Era mi oportunidad.

—¿Y desde el principio estuvo usted aquí, en Oxchuc?

—Hasta ahora no hay otra clínica.

—¿Qué esperaba usted hacer?

—Prodigios. Para los demás, las manos llenas de favores. Para mí, la recompensa merecida: la fama, el dinero.

Alicia se puso de pie, avergonzada. Pensó en sus propios motivos: el sueldo también, la esperanza de casarse. ¡Qué ridiculez! ¿Con qué derecho podía juzgar al otro?

—Hay una gran diferencia entre lo que se espera y lo que se obtiene, ¿verdad?

—Si fuéramos honrados, renunciaríamos.

—¿Por qué?

—Porque esto es para volver loco a cualquiera. ¡Una clínica que no tiene medicinas, un médico al que le cierran la puerta los enfermos, hasta una chimenea que no funciona! ¡Es una burla, doctor, y yo no voy a soportarla más! ¡Yo quiero irme de aquí!

—Calma, Sarah Bernhardt. De nada sirve exaltarse. Lo mejor es analizar la situación. Esto no marcha, de acuerdo. Pero debe existir alguna causa, la base debe de estar mal planteada. Si damos con el error podemos solucionarlo todo.

Alicia abrió los ojos anchos de esperanza. El doctor tuvo una sonrisa maligna.

—Pero mientras tanto podemos disfrutar de todas nuestras ventajas: un sueldo seguro, casa, comida. Y tiempo de sobra. ¿Qué le divierte? A muchas mujeres les gusta tejer; otras leen novelas cursis o simplemente se aburren. En ninguna parte la vida le será tan fácil como aquí.

—Ya lo sé. Siempre habría alguien para vigilarme y para hacer que, si yo no cumplo con mis obligaciones, me despidieran inmediatamente.

—Supongo que lo que usted ha dicho es una alusión. Pero no tengo por qué darle explicaciones de mi conducta, puesto que usted no es más que una subordinada. Sin embargo, voy a tranquilizar su conciencia sensible. Ni usted ni yo estamos defraudando a nadie. No nos enviaron aquí para que hiciéramos milagros: la multiplicación de las medicinas, la luz en el cerebro de los ignorantes. Nos enviaron para que aguantáramos el frío, la soledad y el desamparo. Para que compartiéramos la miseria de los indios, o para que la presenciáramos, ya que no podemos remediarla. Basta con que hagamos esto, a conciencia, para desquitar el sueldo que nos pagan. ¡Y por dios, yo le juro que no nos pagan bastante!

La luz de la lámpara se debilitaba. Dos lágrimas incoloras rodaron sobre las mejillas de Alicia. El doctor se puso de pie.

—Con lo cual se levanta la sesión. Si quiere usted tomar algún calmante los hay de sobra en el botiquín.

Alicia quedó sentada, todavía un rato más, casi a oscuras. Luego atravesó lentamente el patio, bajo la llovizna. Recostada en su catre pensaba que lo había echado todo a perder. ¿Por qué no podía callarse? ¿Qué estaba defendiendo? Los ojos de Alicia, ya secos, se abrieron desmesuradamente en la oscuridad. Tuvo miedo. Deseaba huir, estar en otra parte. En un mundo limpio, con caminos fáciles y donde la gente fuera alegre y sana y hablara español. Esa noche soñó la casa de su infancia.

Las jornadas se sucedían, monótonas. A veces el doctor llamaba a Alicia para alguna curación. Ella lo asistía, temblando de timidez, apresurándose a cumplir —¡y cuántas veces equivocadamente!— sus órdenes. Pero bajo la mirada irónica de Salazar estos actos perdían su sentido, se convertían en una rutina absurda.

Una noche, ya muy tarde, vinieron a llamar a la puerta. Alicia despertó sobresaltada y, contraviniendo las indicaciones expresas del doctor, fue a abrir.

Eran dos indios; la fatiga entrecortaba sus palabras. No obstante eso, y la torpeza con que se servían del castellano, Alicia pudo entender que traían consigo a una mujer moribunda por un parto difícil. Alicia los hizo entrar. A la luz de la vela se veía el rostro demacrado de la enferma. Entre todos la acomodaron en el catre de Alicia. Luego ella corrió a la cocina y puso a hervir una olla con agua.

—¿Qué escándalo es éste?

Era el doctor (todavía con su ropa de dormir) quien indagaba desde el umbral.

Alicia se aproximó a él, suplicante.

—Es un caso de emergencia, doctor. No pude negarles la entrada.

—¿Algún herido?

—Una parturienta.

—¡Qué extraño! Ése es menester del brujo, de la comadrona. El médico no les sirve más que para accidentes.

Pero mientras hacía tales comentarios, Salazar no permanecía inactivo. Estaba ya en su cuarto, vistiéndose, y luego en el consultorio desinfectando el instrumental que usaría. Alicia no tuvo que azuzarlo. Toda la noche el médico veló a la enferma con una solicitud que Alicia se regocijó en atribuir a sus conversaciones. Al amanecer un varoncito reposaba junto a su madre, envuelto en pañales improvisados.

Salazar fue a la cocina a pedir una taza de café negro.

—Esa mujer le debe la vida, doctor. Y si no lo nombran padrino de la criatura es que son unos ingratos.

—No me hacen falta ahijados, protestó Salazar. Pero los ojos de Alicia descubrían la satisfacción oculta entre los ademanes hoscos.

—Lo único que quiero es dormir. Que no me despierten más que si es muy urgente.

—Vaya tranquilo, doctor.

Alicia recomendó silencio a todos. El marido y el suegro de la enferma andaban de puntillas por la clínica. La mujer reposaba abrazando a su hijo. Alicia se acostó en el diván del consultorio. Así transcurrieron muchas horas.

Cuando Salazar despertó fue a revisar a la enferma y al recién nacido. Todo estaba en orden. Tanto que su presencia no era indispensable en la clínica. Así es que había decidido ir a la tertulia del secretario municipal. Si algo se ofrecía allí era posible localizarlo.

—¡Tertulia! —pensó para sí Alicia. Cantina. De esas parrandas Salazar no volvía pronto. Pero, en fin. Había que confiar en que no sería necesario llamarlo.

Alicia preparó durante el día los alimentos de la enferma que estaba demasiado débil por la hemorragia que había sufrido. La india comía con timidez y como para no hacer el desaire. Pero no tenía apetito sino sueño. Volvió a dormir profundamente, sin darse cuenta de que anochecía. Al amanecer la despertó, intempestivamente, el llanto de su hijo.

Procuró calmarlo dándole el pecho. El recién nacido lo chupó desesperadamente algunos minutos y lo soltó para llorar de nuevo. No había logrado extraer ni una gota de leche. La madre miraba a su alrededor sin comprender.

El llanto de la criatura era, al principio, colérico, vigoroso. Pero después fue convirtiéndose en un gemido lastimero. La india se exprimía en vano los pezones.

El marido y el suegro se miraron entre sí con una mirada rápida de entendimiento. Era indudable que esta mujer había sido víctima de algún maleficio. Todas paren con facilidad, todas pueden amamantar a sus crías. ¿Por qué ella no? ¿Acaso era culpable y su desgracia le venía como un castigo?

Después de algunos minutos de dudas y vacilaciones, Alicia envió a la muchachita que la ayudaba en el quehacer a que buscase al doctor. Salazar llegó a la clínica furioso y ligeramente borracho.

—¿Qué sucede aquí? —preguntó al entrar.

—La mujer no tiene leche, dijo Alicia.

—Pues déle alimento artificial. En el botiquín hay biberones y latas de leche condensada.

—Pero es que usted se llevó la llave.

—Está bien, téngala. Saque lo que sea necesario. Vea los precios y cóbrele al padre. Pero cobre usted antes de entregar las cosas porque después ni quién le pague.

Alicia quedó estupefacta. No sabía que la misión cobraba. Salazar le explicó con impaciencia.

—Es una disposición reciente, dictada por mí. Nada del otro mundo. Una cuota simbólica, nada más. Y ya basta. Yo tengo también derecho a descansar. ¿O no?

Tambaleándose, Salazar se dirigió a su cuarto mientras Alicia hacía las cuentas. El importe del bote de leche y el biberón sumaba diez pesos.

—No tengo dinero, dijo el indio más joven. El viejo lo apoyó con un gesto de asentimiento.

—No importa, empezó a decir Alicia. Ya me lo darán después...

Lo urgente era aplacar el hambre del niño. Y si no me pagan, se dijo entre sí Alicia —pues de estos indios no hay que fiarse—, pondré el dinero de mi bolsa. No por eso me voy a quedar en la calle.

A sus espaldas sonó la voz de Salazar.

—¿Con que no hay takín, eh? Ya me estaba yo oliendo la trampa y por eso volví. No hay dinero. Pues anda a tu casa a traerlo. Tu hijo no beberá un trago de nada mientras tú no regreses.

Alicia volvió hacia el doctor unos ojos incrédulos. Pero Salazar, en vez de arrepentirse de su decisión, le arrebató con violencia el bote de leche y la mamila.

—Y en cuanto a usted, señorita enfermera, le prohíbo que entregue estas cosas mientras yo no lo autorice.

El doctor fue hasta el botiquín y, con ademanes inseguros, guardó los objetos y echó llave. Después se enfrentó al par de indios.

—Yo los conozco desde hace tiempo. A mí no me van a tomar el pelo. El apellido de ustedes es Kuleg, que quiere decir rico.

—Pero no tengo dinero, ajwalil.

—Regístrate bien, desdobla tu cinturón; tal vez guardes un cachuco de Guatemala, tú, viejo. Pagar tres o cuatrocientos pesos al brujo no te duele ¿verdad?

Los dos indios bajaron la cabeza y repitieron su única frase:

—No tenemos dinero.

Salazar se encogió de hombros y sin añadir una palabra más se dirigió a su cuarto. Alicia lo alcanzó antes de que cerrara la puerta.

—¡No podemos dejar que esa criatura se muera de hambre!

—¿Acaso depende de nosotros? Allí tiene usted al flamante padre, al abuelo. Son ellos quienes tienen la obligación de alimentarlo.

—Pero si no tienen dinero.

—¡Mentira! Sí tienen. Yo lo sé positivamente. El viejo es dueño de una milpa y de algunas ovejas. El joven podría engancharse para las fincas de la costa y pedir un anticipo.

—¡Y mientras tanto el niño se muere!

Los gritos habían cesado. Alicia hizo una mueca de alarma. Salazar sonrió.

—No es tan fácil morir, como usted supone. Se ha quedado dormido, seguramente. Pero si así no fuera ¿por qué asustarse? Si ese niño muere hoy se habrá evitado treinta o cuarenta años de sufrimiento. Para venir a acabar en una borrachera o consumido por las fiebres. ¿Cree usted que vale la pena salvarlo?

—¡No me importa! Y usted no tiene ningún derecho a decidir. Su obligación...

—¿Cuál es mi obligación? Suponga usted que le regalo un bote de leche a Kuleg. Bastaría para algún tiempo, tres o cuatro días a lo sumo. Entonces sería necesario darle más. Los conozco, Alicia, son abusivos, como todos los indios, como todos los pobres. Y la clínica apenas puede sostenerse. No puede darse el lujo de criar niños.

—Doctor, se lo ruego...

Alicia no escuchaba los argumentos del otro. Sólo quería correr hasta donde estaba el recién nacido y ponerle en la boca una mamila llena de leche caliente.

—¡Qué buen ejemplo daríamos! Hoy es Kuleg el que nos ve la cara ¡porque tiene dinero, yo lo sé positivamente! Mañana será otro. Y cuando terminemos de repartir las medicinas ¿qué? No tendremos ni un centavo para comprar otras nuevas. Pero además nos habremos quedado sin un cliente. Porque lo que se recibe sin pagar no se estima. ¡El brujo puede más que nosotros puesto que cuesta más!

Alicia se tapó los oídos. Precipitadamente, se apartó de Salazar. En el patio encontró a los dos Ku-leg sentados, fumando. Se acercó al joven.

—Yo te voy a facilitar el dinero; pero no se lo digas a nadie y corre a entregárselo al doctor. Apúrate, antes de que sea demasiado tarde.

Alicia se había arrodillado y hablaba de prisa. Sacó unas monedas que los dos indios contemplaron sin hacer el menor ademán para apropiárselas.

—El pukuj se está comiendo a mi hijo.

Esta explicación, tan sencilla, hacía superflua toda acción. Alicia se volvió, suplicante, al anciano. Pero él también la miraba con una fijeza estúpida que las palabras extranjeras, que los gestos incoherentes, no alcanzaban a penetrar.

Alicia se puso de pie con desaliento y fue a su cuarto. La enferma estaba sentada en la orilla del catre y se trenzaba el cabello. Su semblante estaba pálido aún, pero no había en él ningún signo de ansiedad. El niño dormía chupándose la mano entera.

Alicia empezó a hablar apresuradamente. Sacudía a la india por los hombros, como para despertarla. Ella no protestaba y a todo asentía con docilidad. No entendía lo que estaba pidiéndole. Pero se reservaba para obedecer sólo a su marido.

Alicia abandonó el cuarto y fue al consultorio. Estuvo forcejeando largo rato con la puerta del botiquín, pero la cerradura no cedió. Y no tenía fuerzas para romperla.

Agotada por la noche de insomnio y por los acontecimientos que presenciaba sin poder remediar, Alicia se sentó en el suelo, bajo un alero del patio. Así pasaron las horas. A veces rompía el silencio el llanto ronco del niño. Luego todo volvía a quedar en paz.

Al anochecer abandonaron la clínica el anciano, su hijo y la mujer con un pequeño cadáver entre sus brazos. Salazar no había despertado aún.

Cuando despertó, Alicia estaba haciendo sus maletas. Bostezando, absorto en algún pensamiento, Salazar no comentó nada de lo que había sucedido.

—Yo se lo he dicho muchas veces al director de la misión: no basta poner paños calientes sobre una llaga. Hay que arrancar el mal de raíz. ¿Se acuerda, de lo que usted y yo comentábamos la otra noche? Hay que saber cuál es el verdadero problema. Y yo ya me he dado cuenta, por fin. El verdadero problema es educar a los indios. Hay que enseñarles que el médico y la clínica son una necesidad. Ellos ya saben que las necesidades cuestan; si se lo regalamos todo, no aprecian lo que reciben. Son muy llevados por mal. Yo los conozco, vaya si no. He vivido años entre ellos. Solo, como un perro. Sin con quién hablar. Y con miedo. Miedo de la venganza de los brujos, de los despechados porque su enfermo no se salvó. ¿Cómo quieren que se salve? Lo traen cuando ya está desahuciado. No hay gratitud. El mérito siempre lo tiene otro: el santo, el brujo. Pero son cobardes, no saben matar más que a traición. No dan la cara nunca, no lo ven a uno a los ojos. Y sin con quién hablar. Los ladinos de Oxchuc son unos intrigantes, unos envidiosos. También hay que cuidarse de ellos, porque cualquier día me ponen un cuatro. Se necesitan riñones para aguantar esto. Antes de que usted viniera yo mismo me hacía la comida, porque tenía miedo de que me envenenaran. No es justo. Se estudia una carrera, se quema uno las pestañas durante años. No hay diversiones, no hay mujeres, no hay nada. Y la familia sacrificándose para que uno tenga su título. Ya vendrá la compensación. Y luego lo mandan a uno a refundirse aquí. Claro que yo podría irme, en el momento en que se me antoje. Soy muy buen médico, en cualquier parte encontraría un empleo mejor... Me convendría. Yo necesito ver gente, necesito encontrar alguno a quien decirle, a quien explicarle... Porque yo he descubierto algo, algo muy importante. La buena voluntad no basta; lo esencial es la educación, la educación. Estos indios no entienden nada y alguien tiene que empezar a enseñarles... Luego llega usted, con sus remilgos y sus modos de monja y cree que es muy fácil despreciarme porque me emborracho de vez en cuando y porque ha averiguado usted que tengo una querida y porque...

Alicia no contestó. Los sollozos le apretaban la garganta.

—A veces les doy cuerda a todos los relojes juntos. Es bonito oírlos caminar. No paran, nada para nunca.

De pronto Salazar se acercó y tomó a Alicia por los hombros.

—¿Qué cree usted que vale más? ¿La vida de ese muchachito o la de todos nosotros? Kuleg les contará lo que ha pasado. Le dimos una lección ¡y qué lección! Ahora los indios habrán aprendido que con la clínica de Oxchuc no se juega. Empezarán a venir ¡vaya que sí! y con el dinero por delante. Podremos comprar medicinas, montones de medicinas...

Salazar gesticulaba. Alicia se apartó de él y cuando terminó de guardar su ropa cerró la maleta. Afuera llovía.

# El don rechazado

Antes que nada tengo que presentarme: mi nombre es José Antonio Romero y soy antropólogo. Sí, la antropología es una carrera en cierto modo reciente dentro de la universidad. Los primeros maestros tuvieron que improvisarse y en la confusión hubo oportunidad para que se colaran algunos elementos indeseables, pero se han ido eliminando poco a poco. Ahora, los nuevos, estamos luchando por dar a nuestra escuela un nivel digno. Incluso hemos llevado la batalla hasta el Senado de la República, cuando se discutió el asunto de la Ley de Profesiones.

Pero me estoy apartando del tema; no era eso lo que yo le quería contar, sino un incidente muy curioso que me ocurrió en Ciudad Real, donde trabajo.

Como usted sabe, en Ciudad Real hay una misión de ayuda a los indios. Fue fundada y se sostuvo, al principio, gracias a las contribuciones de particulares; pero ha pasado a manos del gobierno.

Allí, entre los muchos técnicos, yo soy uno más y mis atribuciones son muy variadas. Lo mismo sirvo, como dice el refrán, para un barrido que para un fregado. Llevo al cabo tareas de investigador, intervengo en los conflictos entre pueblos, hasta he fungido como componedor de matrimonios. Naturalmente que no puedo estar sentado en mi oficina esperando a que lleguen a buscarme. Tengo que salir, tomar la delantera a los problemas. En estas condiciones me es indispensable un vehículo. ¡Dios santo, lo que me costó conseguir uno! Todos, los médicos, los maestros, los ingenieros, pedían lo mismo que yo. Total, fuimos arreglándonoslas de algún modo. Ahora yo tengo, al menos unos días a la semana, un jeep a mi disposición.

Hemos acabado por entendernos bien el jeep y yo; le conozco las mañas y ya sé hasta dónde puede dar de sí. He descubierto que funciona mejor en carretera (bueno, en lo que en Chiapas llamamos carretera) que en la ciudad.

Porque allí el tráfico es un desorden; no hay señales o están equivocadas y nadie las obedece. Los coletos andan a media calle, muy quitados de la pena, platicando y riéndose como si las banquetas no existieran. ¿Tocar el claxon? Si le gusta perder el tiempo puede usted hacerlo. Pero el peatón ni siquiera se volverá a ver qué pasa y menos todavía dejarle libre el camino.

Pero el otro día me sucedió un detalle muy curioso, que es el que le quiero contar. Venía yo de regreso del paraje de Navenchauc e iba yo con el jeep por la calle Real de Guadalupe, que es donde se hace el comercio entre los indios y los ladinos; no podía yo avanzar a más de diez kilómetros por hora, en medio de aquellas aglomeraciones y de la gente que se solaza regateando o que se tambalea, cargada de grandes bultos de mercancía. Le dije diez kilómetros, pero a veces el velocímetro ni siquiera marcaba.

A mí me había puesto de mal humor esa lentitud, aunque no anduviese con apuro, ni mucho menos.

De repente sale corriendo, no sé de dónde, una indita como de doce años y de plano se echa encima del jeep. Yo alcancé a frenar y no le di más que un empujón muy leve con la defensa. Pero me bajé hecho una furia y soltando improperios. No le voy a ocultar nada, aunque me avergüence. Yo no tengo costumbre de hacerlo, pero aquella vez solté tantas groserías como cualquier ladino de Ciudad Real.

La muchachita me escuchaba gimoteando y restregándose hipócritamente los ojos, donde no había ni rastro de una lágrima. Me compadecí de ella y, a pesar de todas mis convicciones contra la mendicidad y de la ineficacia de los actos aislados, y a pesar de que aborrezco el sentimentalismo, saqué una moneda, entre las burlas de los mirones que se habían amontonado a nuestro alrededor.

La muchachita no quiso aceptar la limosna pero me agarró de la manga y trataba de llevarme a un lugar que yo no podía comprender. Los mirones, naturalmente, se reían y decían frases de doble sentido, pero yo no les hice caso y me fui tras ella.

No vaya usted a interpretarme mal. Ni por un momento pensé que se tratara de una aventura, porque en ese caso no me habría interesado. Soy joven, estoy soltero y a veces la necesidad de hembra atosiga en estos pueblos infelices. Pero trabajo en una institución y hay algo que se llama ética profesional que yo respeto mucho. Y además ¿para qué nos andamos con cuentos? Mis gustos son un poco más exigentes.

Total, que llegamos a una de las calles que desembocan a la de Guadalupe y allí me voy encontrando a una mujer, india también, tirada en el suelo, aparentemente sin conocimiento y con un recién nacido entre los brazos.

La muchachita me la señalaba y me decía quién sabe cuántas cosas en su dialecto. Por desgracia, yo no lo he aprendido aún porque, aparte de que mi especialidad no es la lingüística sino la antropología social, llevo poco tiempo todavía en Chiapas. Así es que me quedé en ayunas.

Al inclinarme hacia la mujer tuve que reprimir el impulso de taparme la nariz con un pañuelo. Despedía un olor que no sé cómo describirle: muy fuerte, muy concentrado, muy desagradable. No era sólo el olor de la suciedad, aunque la mujer estuviese muy sucia y el sudor impregnara la lana de su chamarro. Era algo más íntimo, más... ¿cómo le diría yo? Más orgánico.

Automáticamente (yo no tengo de la medicina más nociones que las que tiene todo el mundo) le tomé el pulso. Y me alarmó su violencia, su palpitar caótico. A juzgar por él, la mujer estaba muy grave. Ya no dudé más. Fui por el jeep para transportarla a la clínica de la misión.

La muchachita no se apartó de nosotros ni un momento; se hizo cargo del recién nacido, que lloraba desesperadamente, y cuidó de que la enferma fuera si no cómoda, por lo menos segura, en la parte de atrás del jeep.

Mi llegada a la misión causó el revuelo que usted debe suponer; todos corrieron a averiguar qué sucedía y tuvieron que aguantarse su curiosidad, porque yo no pude informarles más de lo que le he contado a usted.

Después de reconocerla, el médico de la clínica dijo que la mujer tenía fiebre puerperal. ¡Hágame usted el favor! Su hijo había nacido en quién sabe qué condiciones de falta de higiene y ahora ella estaba pagándolo con una infección que la tenía a las puertas de la muerte.

Tomé el asunto muy a pecho. En esos días gozaba de una especie de vacaciones y decidí dedicárselas a quienes habían recurrido a mí en un momento de apuro.

Cuando se agotaron los antibióticos de la farmacia de la misión, para no entretenerme en papeleos, fui yo mismo a comprarlos a Ciudad Real y lo que no pude conseguir allí fui a traerlo hasta Tuxtla. ¿Qué con cuál dinero? De mi propio peculio. Se lo digo, no para que me haga usted un elogio que no me interesa, sino porque me comprometí a no ocultarle nada. ¿Y por qué había usted de elogiarme? Gano bien, soy soltero y en estos pueblos no hay mucho en qué gastar. Tengo mis ahorros. Y quería yo que aquella mujer sanara.

Mientras la penicilina surtía sus efectos, la muchachita se paseaba por los corredores de la clínica con la criatura en brazos. No paraba de berrear, el condenado. Y no era para menos con el hambre. Se le dio alimento artificial y las esposas de algunos empleados de la misión (buenas señoras, si se les toca la fibra sensible) proveyeron de pañales y talco y todas esas cosas al escuincle.

Poco a poco, los que vivíamos en la misión nos fuimos encariñando con aquella familia. De sus desgracias nos enteramos pormenorizadamente, merced a una criada que hizo de traductora del tzeltal al español, porque el lingüista andaba de gira por aquellas fechas.

Resulta que la enferma, que se llamaba Manuela, había quedado viuda en los primeros meses del embarazo. El dueño de las tierras que alquilaba su difunto marido le hizo las cuentas del Gran Capitán. Según él, había hecho compromisos que el peón no acabó de solventar: préstamos en efectivo y en especie, adelantos, una maraña que ahora la viuda tenía la obligación de desenredar.

Manuela huyó de allí y fue a arrimarse con gente de su familia. Pero el embarazo le hacía difícil trabajar en la milpa. Además, las cosechas habían sido insuficientes durante los últimos años y en todos los parajes se estaba resintiendo la escasez.

¿Qué salida le quedaba a la pobre? No se le ocurrió más que bajar a Ciudad Real y ver si podía colocarse como criada. Piénselo usted un momento: ¡Manuela criada! Una mujer que no sabía cocinar más que frijoles, que no era capaz de hacer un mandado, que no entendía siquiera el español. Y de sobornal, la criatura por nacer.

Al fin de las cansadas, Manuela consiguió acomodo en un mesón para arrieros que regenteaba una tal doña Prájeda, con fama en todo el barrio de que hacía reventar, a fuerza de trabajo, a quienes tenían la desgracia de servirla.

Pues allí fue a caer mi dichosa Manuela. Como su embarazo iba ya muy adelantado, acabalaba el quehacer con la ayuda de su hija mayor, Marta, muchachita muy lista y con mucho despejo natural.

De algún modo se las agenciaron las dos para dar gusto a la patrona quien, según supe después, le tenía echado el ojo a Marta para venderla al primero que se la solicitara.

Por más que ahora lo niegue, doña Prájeda no podía ignorar en qué estado recibía a Manuela. Pero cuando llegó la hora del parto, se hizo de nuevas, armó el gran borlote, dijo que su mesón no era un asilo y tomó las providencias para llevar a su sirvienta al Hospital Civil.

La pobre Manuela lloraba a lágrima viva. Hágase usted cargo; en su imaginación quién sabe qué había urdido que era un hospital. Una especie de cárcel, un lugar de penitencia y de castigo. Por fin, a fuerza de ruegos, logró que su patrona se aplacara y consintiera en que la india diera a luz en su casa.

Doña Prájeda es de las que no hacen un favor entero. Para que Manuela no fuera a molestar a nadie con sus gritos, la zurdió en la caballeriza. Allí, entre el estiércol y las moscas, entre quién sabe cuántas porquerías más, la india tuvo su hijo y se consiguió la fiebre con que la recogí.

Apenas aparecieron los primeros síntomas de la enfermedad, la patrona puso el grito en el cielo y sin tentarse el alma, echó a la calle a toda la familia. Allí podían haber estado, a sol y sereno, si un alma caritativa no se compadece de ellas y le da a Marta el consejo de que recurriera a la misión, ya que el Hospital Civil aterrorizaba tanto a su madre.

Marta no sabía dónde quedaba la misión, pero cuando vieron pasar un jeep con nuestro escudo, alguien la empujó para que yo me parara.

Si hacemos a un lado el susto y el regaño, el expediente no les salió mal, porque en la misión no sólo curamos a Manuela, sino que nos preocupábamos por lo que iba a ser de ella y de sus hijos después de que la dieran de alta en la clínica.

Manuela estaba demasiado débil para trabajar y Marta andaba más bien en edad de aprender. ¿Por qué no meterla en el internado de la misión? Allí les enseñan oficios, rudimentos de lectura y escritura, hábitos y necesidades de gente civilizada. Y después del aprendizaje, pueden volver a sus propios pueblos, con un cargo qué desempeñar, con un sueldo decente, con una dignidad nueva.

Se lo propusimos a Manuela, creyendo que iba a ver el cielo abierto; pero la india se concretó a apretar más a su hijo contra su pecho. No quiso responder.

Nos extrañó una reacción semejante, pero en las discusiones con los otros antropólogos sacamos en claro que lo que le preocupaba a Manuela era el salario de su hija, un salario con el que contaba para mantenerse.

Ya calculará usted que no era nada del otro mundo; una bicoca y para mí, como para cualquiera, no representaba ningún sacrificio hacer ese desembolso mensual. Fui a proponerle el arreglo a la mujer y le expliqué el asunto, muy claramente, a la intérprete.

—Dice que si le quiere usted comprar a su hija, para que sea su querida, va a pedir un garrafón de trago y dos almudes de maíz. Que en menos no se la da.

Tal vez hubiera sido más práctico aceptar aquellas condiciones, que a Manuela le parecían normales e inocentes porque eran la costumbre de su raza. Pero yo me empeñé en demostrarle, por mí y por la misión, que nuestros propósitos no eran, como los de cualquier ladino de Ciudad Real, ni envilecerlas ni explotarlas, sino que queríamos dar a su hija una oportunidad para educarse y mejorar su vida. Inútil. Manuela no salía de su cantinela del trago y del maíz, a los que ahora había añadido también, al ver mi insistencia, un almud de frijol.

Opté por dejarla en paz. En la clínica seguían atendiéndola, a ella y a sus hijos, alimentándolos, echándoles DDT en la cabeza, porque les hervía de piojos.

Pero no me resignaba yo a dar el asunto por perdido; me remordía la conciencia ver a una muchachita, tan viva como Marta, criarse a la buena de dios, ir a parar en quién sabe qué miseria.

Alguien sugirió que el mejor modo de ganarme la confianza de la madre era por el lado de la religión: un compadrazgo es un parentesco espiritual que los indios respetan mucho. El recién nacido no estaba bautizado. ¿Por qué no ir convenciendo, poco a poco, a Manuela, de que me nombrara padrino de su hijo?

Empecé por comprarle juguetes a la criatura: una sonaja, un ámbar para el mal de ojo. Procuraba yo estar presente en el momento en que la enfermera lo bañaba y hasta aprendí a cambiarle los pañales sin causar demasiados estropicios.

Manuela me dejaba hacer, pero no sin inquietud, con un recelo que no lograba disimular tras sus sonrisas. Respiraba tranquila sólo cuando el chiquillo estaba de nuevo en su regazo.

A pesar de todo, yo me hacía ilusiones de que estaba ganando terreno y un día consideré que había llegado el momento de plantear la cuestión del bautizo.

Después de los rodeos indispensables, la intérprete dijo que aquella criatura no podía seguir viviendo como un animalito, sin nombre, sin un sacramento encima. Yo veía a Manuela asentir dócilmente a nuestras razones y aun reforzarlas con gestos afirmativos y con exclamaciones de ponderación. Creí que el asunto estaba arreglado.

Pero cuando se trató de escoger al padrino Manuela no nos permitió continuar; ella había pensado en eso desde el principio y no valía la pena discutir.

—¿Quién?, preguntó la intérprete.

Yo me aparté unos pasos para permitir a la enferma que hablara con libertad.

—Doña Prájeda —respondió la india en su media lengua.

No pude contenerme y, asido a los barrotes de la cama, la sacudía con un paroxismo de furor.

—¿Doña Prájeda? —repetía yo con incredulidad.

¿La que te mandó a la caballeriza para que tu hijo naciera entre la inmundicia? ¿La que te echó a la calle cuando más necesidad tenías de su apoyo y su consuelo? ¿La que no se ha parado una sola vez en la misión para preguntar si viviste o moriste?

—Doña Prájeda es mi patrona —respondió Manuela con seriedad. No hemos deshecho el trato. Yo no he salido todavía de su poder.

Para no hacerle el cuento largo, la alegata duró horas y no fue posible que Manuela y yo llegáramos a ningún acuerdo. Yo salí de la clínica dándome a todos los demonios y jurando no volver a meterme en lo que no me importaba.

Unos días después Manuela, ya completamente restablecida, dejó la misión junto con sus hijos. Volvió a trabajar con doña Prájeda, naturalmente.

A veces me la he encontrado en la calle y me esconde los ojos. Pero no como si tuviera vergüenza o remordimientos. Sino como si temiera recibir algún daño.

¡No, por favor, no llame usted a Manuela ni ingrata, ni abyecta, ni imbécil! No concluya usted, para evitarse responsabilidades, que los indios no tienen remedio. Su actitud es muy comprensible. No distinguen un caxlán de otro. Todos parecemos iguales. Cuando uno se le acerca con brutalidad, ya conoce el modo, ya sabe lo que debe hacer. Pero cuando otro es amable y le da sin exigir nada en cambio, no lo entiende. Está fuera del orden que impera en Ciudad Real. Teme que la trampa sea aún más peligrosa y se defiende a su modo: huyendo.

Yo sé todo esto; y sé que si trabajamos duro, los de la misión y todos los demás, algún día las cosas serán diferentes.

Pero mientras tanto Manuela, Marta... ¿Qué será de ellas? Lo que quiero que usted me diga es ¿si yo, como profesionista, como hombre, incurrí en alguna falta? Debe de haber algo. Algo que yo no les supe dar.

# Arthur Smith salva su alma

*un hombre,*
*en el mejor sentido de la palabra, bueno.*

Antonio Machado

Mientras volaban en helicóptero sobre la sierra (picachos agresivos, despeñaderos, algo diminuto que se movía entre la vegetación), Arthur Smith pensó que el mundo, definitivamente, estaba bien hecho. Por lo menos en lo que se podía contemplar a simple vista, en su parte natural, en su aspecto externo, ganaría uno si apostara que era hermoso. Esas combinaciones de colores que tenía frente a él ahora, por ejemplo. Cada uno de los elementos —azul, verde, morado sombrío— era de una nitidez, de una pureza que, a pesar de su proximidad y aun de su entrecruzamiento, resultaba imposible confundirlos.

La confusión viene de una mirada desatenta y rápida. En cuanto el ojo se detiene puede discernir, puede calificar con exactitud.

Arthur Smith extrajo una libreta de pastas negras y escribió con apresuramiento algunos signos y abreviaturas donde quedaba apuntada su meditación. Podría serle útil más adelante. Este tipo de observaciones tan sencillas, tomadas de las cosas cotidianas, es el que a la gente le gusta y lo que capta.

La gente, para Arthur Smith, era el pueblo, humilde en su ignorancia, a quien el Señor se había dirigido en parábolas. El sentido de ellas, tan diáfano y sin embargo tan multívoco, se revelaba en secreto a cada corazón y aparecía, clarísimo, en cada circunstancia especial. A veces un sentido daba la impresión de contradecir a otro o de restarle validez. Pero esto no era más que consecuencia de la irremediable limitación del intelecto humano ("la razón, soberbia para proclamar sus conquistas, ciega para reconocer sus errores, incapaz de saltar sus barreras", escribió) que encuentra siempre inescrutables los designios de dios y sus caminos.

El helicóptero, manejado hábil y seguramente (¿y cómo no, si el piloto era norteamericano?), fue perdiendo altura. En el bosque de coníferas se había abierto, de pronto, un gran claro donde podía aterrizar, no sólo un aparato tan pequeño como el que transportaba a Arthur, sino también aviones de gran tamaño y potencia.

Arthur Smith cerró su libreta de pastas negras y la guardó. Le era imposible continuar escribiendo con este bamboleo y con las leves e intermitentes sacudidas con que las ruedas del helicóptero tocaron tierra.

Al finalizar el descenso el piloto se volvió hacia Arthur —el único pasajero— con una sonrisa amplia, de dentífrico recomendable, de chicle con clorofila, que expresaba, a la vez, la satisfacción de la hazaña cumplida y la alegría de haber tenido un espectador.

—Como usted ve no estamos mal instalados aquí —comentó el piloto mirando en torno suyo. Varios hangares amplios —y por lo pronto vacíos— y una pequeña torre de control constituían el panorama inmediato. Detrás había una apretada arboleda de pinos.

De la torre salió, exuberante, a saludar a sus compatriotas, el encargado de los aparatos de radiotransmisión y recepción.

Por una deferencia natural se dirigió primero a Arthur Smith a quien dio un vigoroso apretón de manos y una bienvenida esquemática a nombre del pastor Williams, ausente por deberes inaplazables de su ministerio. Después, la conversación se deslizó, fluida y sabrosa, como si nunca se hubiera interrumpido, hacia el piloto. Ambos hablaban de mecánica, de un cargamento que todos aguardaban con impaciencia y, en un instante en que los dos supusieron que Smith no los escuchaba, de asuntos profanos. El piloto proporcionó una sorpresa muy agradable al radiotécnico al revelarle que en su equipaje había traído una magnífica colección de postales.

Arthur, que procuraba distraerse pateando las piedrecillas del camino, no pudo evitar entender el significado de lo que los otros cuchicheaban. Se ruborizó hasta la raíz de los cabellos, apretó los puños. ¿Cómo era posible que esos hijos de perra...? Pero un largo entrenamiento de dominio sobre sus impulsos, hizo desaparecer los síntomas de la ira. Después de todo, reflexionó, ese par de hombres que iban delante de él formaban parte del "rebaño de perdición". No habían sido tocados por ninguna gracia, ni señalados para ninguna misión especial. Con su barro se amasó un receptáculo vil. En cambio él, Arthur... suspiró satisfecho; él estaba, por fin, en su sitio y su sitio era de elección. Había llegado a su destino.

Recordó ahora los años de dudas, de postergaciones. "Señor ¿seré digno de servirte?" Y nunca supo si en esta pregunta había humildad o cobardía.

Lo tentaba el mundo, aquel mundo que los antiguos consideraron peligroso, sin imaginar siquiera los extremos de seducción que alcanzaría. Todos los aparatos para vivir cómoda y fácilmente; todos los instrumentos para proporcionar placer; todos los colores y los ruidos para aturdir. Todo al alcance de la mano de todos. "Obténgalo ahora; páguelo después." Y allí se precipitaban las muchedumbres, con las manos ávidas para asir lo que se pudiera y al precio que fuese. Y cada uno empujando a los demás porque quería llegar primero, porque necesitaba ser el único. Había que apartarse del montón, mostrarse original, excéntrico, alcanzar la fama. No importaban los medios. "Yo fui esposa de un presidiario de Sing-Sing." "Yo amaestré un avestruz." "Yo comí doscientas hamburguesas en tres horas."

Fama significaba dinero. Y dinero... ¡Vamos! ¿Quién no sabe lo que significa el dinero? Arthur Smith deseaba ambas cosas, pero de una manera abstracta y pasiva. Si alguien hubiera venido a ofrecérselas no las habría rechazado. Pero conquistarlas, abrirse paso a empujones... No, evidentemente no estaba hecho de la pasta de los pioneros, ni de los ejecutivos agresivos. Entonces Arthur se justificaba considerando que el mundo era vanidad de vanidades y que más le valía perderlo, con tal de salvar su alma.

Pero también estas consideraciones eran remotas. Adquirieron consistencia sólo al morir su madre. Aquel cáncer... ¡Dios mío! ¿Habría algo que pudiera borrar el olor repugnante de carne que se pudre con lentitud, con morosidad? Y los alaridos de dolor. ¿Dónde se refugiaba el espíritu, en aquellos pobres cuerpos torturados por la enfermedad y por los tratamientos, embrutecidos por la anestesia? Y sin embargo, el último instante de la agonía fue tan luminoso que Arthur Smith quedó maravillado. Su madre lo miró con una mirada ancha, húmeda, donde hubiera podido caber el cielo. Una mirada de reconciliación, de certidumbre de que todo estaba en orden y era bueno, de paz.

A partir de entonces Arthur Smith asistió con más frecuencia al templo del que su madre había sido feligresa: el de la secta protestante de los Hermanos de Cristo.

Arthur se hallaba a gusto en el interior de un edificio solemne y sin imágenes, entre personas de aire benévolo, tocadas con sombreros ligeramente pasados de moda.

En los sermones que escuchaba había algo (¿la semejanza con las palabras de su madre?) que le hacía revivir su infancia. La figura de Cristo aparecía siempre resplandeciente de bondad y de ternura. Sus actos eran sencillos. Se inclinaba a consolar a los tristes, a perdonar a los pecadores, a ablandar a los empedernidos. Ser bueno era entonces fácil. Tan fácil como caminar sobre las aguas.

Arthur Smith hizo algunas pequeñas tentativas para practicar el bien en su parroquia. Pero el carácter emprendedor (después de todo Arthur era también un norteamericano) no podía conformarse con la limosna ocasional a algún vagabundo, cuya puntualidad nadie podía garantizarle. Por lo demás le repugnaba visitar los barrios bajos de su pueblo. Había en ellos tal prostitución (cantinas, hoteles de paso, holgazanería), que su miseria no podía considerarse más que como un castigo divino que no era lícito paliar.

Arthur Smith consultó la opinión de varias personas más avisadas que él y todos le aconsejaron que se inscribiera en una organización vasta y poderosa, cuyas sucursales operaban en los puntos más aislados y primitivos de la América Latina.

La organización tenía unas siglas impronunciables cuya pretensión era sintetizar las iniciales de todos los clubes privados que contribuían a su sostenimiento y todas las sectas religiosas que prestaban su colaboración.

Cuando Arthur Smith se presentó a las oficinas de enrolamiento de la organización, no le exigieron más que dos requisitos: ser cristiano y adiestrarse en alguna especialidad útil en el medio en que iban a requerirse sus servicios.

Arthur Smith se inscribió en un curso intensivo de dialectos mayances, con particularidad el tzeltal, ya que el sito que había escogido como término de su viaje era un campamento llamado Ah-tún, en los Altos de Chiapas, al sur de la República Mexicana.

Sus estudios no lo hicieron descuidar, sino antes al contrario fortalecer, sus disciplinas morales. Mientras su estado civil fuera la soltería (y no abrigaba la menor intención de cambiarlo), le era forzoso guardar la castidad. No siempre le era posible. Pero se consolaba releyendo el pasaje aquel en que se afirma que la carne es flaca y que el justo cae setenta veces al día.

En cuanto a los otros pecados casi no lo atosigaban. La avaricia, desde que la organización se había encargado de darle alojamiento, ropa, comida, pago de las colegiaturas y un pequeño excedente para gastos imprevistos, había desaparecido de su horizonte.

La vanidad estaba satisfecha. ¿Y no era legítima, en el grado mínimo en que la experimentaba, cuando Arthur había sido capaz de buscar la senda estrecha y cuando estaba dispuesto a sacrificarse con tal de redimir a los demás?

Arthur Smith recibió un diploma que lo acreditaba como conocedor de la lingüística prehispánica en Mesoamérica y con él, bien enrollado en la maleta, se dirigió al campamento de Ah-tún.

El viaje fue rápido y por los medios más modernos. Aviones de tetropropulsión en el territorio de los Estados Unidos. Tetramotores desde la capital de México a la de Chiapas. Y helicóptero desde Tuxtla Gutiérrez hasta Ah-tún.

A primera vista el proceso era el de una decadencia. Pero mientras Arthur Smith se deslizaba por los aires, raudo y seguro, otros menos privilegiados que él (los funcionarios de la misión de ayuda a los indios, los particulares, los nativos), tenían que atravesar las serranías chiapanecas a bordo de jeeps, inverosímiles, a lomo de bestias y de indios pacientes, a pie.

Detentar el privilegio del helicóptero no lesionaba la humildad de Arthur, sino que más bien fortalecía el sentimiento de que estaba del "buen lado". Su religión era verdadera, su raza era superior, su país era poderoso. Dios, aseveraba Arthur, no necesitaba que las almas humanas transitasen de éste al otro mundo para manifestar sus predilecciones, para premiar ciertas conductas con el éxito, porque su justicia era expedita, además de infalible e inapelable.

Desde luego que estar del "buen lado" no podía admitirse de ninguna manera como una casualidad. El hecho había sido largamente objeto de meditaciones, desde el principio de la creación, por la inteligencia divina. Ahora bien, al hombre, a Arthur Smith, le correspondía, como era usual, retribuir de algún modo los favores que había recibido.

(La palabra "favor" no era de las preferidas por Arthur, ya que podía interpretarse como una disminución del mérito propio. Por desgracia el mérito estaba en relación directa con la responsabilidad y ésta podía traer como consecuencia la culpa, que a su vez acarreaba el castigo. Arthur Smith se resignaba, entonces, a dejar las cosas en el punto en que las había encontrado.)

Quedamos pues, en que Arthur Smith había recibido de la providencia innumerables favores: el de comprender y aceptar la revelación; el de practicar e imponer la moral; el de ostentar la ciudadanía más respetada del mundo; el de lucir el pigmento adecuado de piel; el de manejar una moneda que valía siempre más que las otras.

Ahora bien, ¿cómo hacer que esta inversión de la providencia en su persona redituara los mayores beneficios posibles? Podía convertirse en un próspero hombre de negocios. En su religión no existía un solo mandamiento que se lo prohibiese y las leyes de su país le brindaban todas las oportunidades posibles. Sin embargo (y a pesar de las abundantes autobiografías de millonarios que habían comenzado su carrera como limpiabotas), la competencia era feroz.

Arthur Smith transigió entonces con la burocracia. Pero la mayor parte de los puestos estaban ocupados por personas con una inexcusable tendencia a la inmortalidad. Y en cuanto se producía un hueco aparecía inmediatamente, para llenarlo, la misma multitud que se aglomeraba en las entradas de los ferrocarriles subterráneos y de los elevadores.

Quedaban otros recursos: la suerte, por ejemplo. Pero las estadísticas se empeñaban en indicar que todos los yacimientos petrolíferos habían sido ya descubiertos, lo mismo que las minas de metales preciosos o de esas nuevas substancias que la industria moderna exigía, cada vez en cantidades mayores, para su desarrollo.

El recurso de los inventos fue desechado por Arthur después de una melancólica ojeada a los archivos de la Oficina de Patentes.

Con cierta intermitencia surgía una oportunidad: la guerra. Pero el ánimo de Arthur Smith no era especialmente combativo. El Dios de los Ejércitos establecía, muy de tarde en tarde, comunicación con él y aun entonces sus mandatos eran más ambiguos que imperativos. Sin embargo, cuando vio aparecer por todas las paredes y postes de la ciudad enormes cartelones en los que se hacía un dramático llamamiento a su heroísmo para que salvara el sagrado patrimonio de la Libertad, de la Democracia y de la Dignidad Humana, amenazado por un enemigo implacable en una remota isla del Pacífico, Arthur Smith acudió con rapidez, aunque con pies tan planos, al puesto de reclutamiento, que su solicitud fue rechazada.

Mamá y su pequeña pensión de viuda lo ayudaron en años difíciles en los que ser vendedor ambulante significaba exponerse a embestidas de perros bravos, travesuras de chicos irrespetuosos y portazos de señoras desgreñadas.

Por lo demás, su elocuencia —que en un púlpito hubiera brillado esplendorosamente comentando pasajes del Evangelio— se convertía en un tartamudeo ineficaz cuando se trataba de enlazar las virtudes omnicomprensivas de un detergente, de un abrelatas convertible en el utensilio más inesperado, de un cepillo multifacético.

—Tu problema —lo advirtió su madre con esa clarividencia que sólo da el amor— es que no tienes fe.

Y era exacto. Arthur no podía tener fe en algo tan deleznable como un cepillo. La reservaba para ideales más elevados. Creía en las promesas de los políticos; confiaba en la honestidad de los manejadores de las ligas de beisbol; habría puesto la mano en el fuego para avalar los conocimientos enciclopédicos de los participantes en los programas de preguntas y respuestas en la televisión.

Cuando estos ideales, por uno y otro motivo, se derrumbaron, la fe de Arthur Smith se orientó, en forma total y ferviente, hacia el único prestigio que la publicidad no podía ni fabricar ni deshacer a su antojo: hacia dios.

La fe en dios era la que ahora había movido a Arthur hasta regiones inexploradas, donde tribus de indios salvajes aguardaban el mensaje de luz y redención.

—Ése es el campamento de Ah-tún —anunció el radiotécnico al señalar un grupo de casitas de madera, pintadas de vivos colores. En la calle única, implacablemente recta e impecablemente pavimentada, circulaban niños rubios y sanos, montados en bicicletas o encaramados en patines.

El piloto preguntó dónde estaba la fuente de sodas más próxima. Era una broma que él y su amigo, el radiotécnico, se gastaban invariablemente. Pero eso lo ignoraba Arthur Smith, quien fulminó a ambos con una severa mirada de admonición. Lo primero que había que averiguar, dijo, era la ubicación del templo. Como cristianos debían ir a dar gracias al Señor por haberlos conducido con bien hasta el término de su viaje.

El radiotécnico se mostró un poco embarazado para responder. El templo, dijo, se hallaba a considerable distancia, en plena jungla. (Llamaba jungla a todo lo que fuera campo, sin distinguir esos pequeños matices que hacen que una llanura no sea un bosque ni un desierto.)

Lo más prudente, añadió, era que los recién llegados descansaran un rato. Los conduciría a la casa de visitantes en uno de cuyos cuartos se instalaría Arthur ya que, según tenía entendido, era soltero y no precisaba de una casa. En cuanto al piloto, conocía de sobra su cubil.

—Mientras tanto yo ordenaré que les preparen algo de beber.

A Arthur le pareció poco hospitalario, de parte de las amas de casa, que no hubieran salido a recibirlo. Después de todo su puesto de lingüista era de cierta importancia y además siempre es agradable hacerle los honores a un compatriota en una tierra extraña. Alguna reminiscencia infantil lo había hecho soñar con pasteles de manzana recién horneados. Pero en la atmósfera no se percibía más que un vago olor de desinfectante. Las cocinas estaban cerradas y silenciosas.

Éste era el momento en que las señoras escuchaban un complicadísimo episodio en que un hombre seductor, moreno y vil, estaba a punto de hacer caer en sus redes a la ingenua heredera, salvada a última hora por la lealtad del administrador de los bienes de su difunto padre. El administrador era un joven rubio, pecoso y sencillo, que la había amado siempre, aunque jamás se atrevió a confesárselo.

El pastor Williams regresó al anochecer. De las cocinas escapaban ahora humos tenues y deliciosos y la planta de luz eléctrica emitía un zumbido continuo y tranquilizador.

Arthur y Williams se entrevistaron en la estancia de la casa de visitantes. Hubo instantáneamente entre los dos una corriente de simpatía al descubrir asombrosas coincidencias en sus gustos. En efecto, preferían la Coca-Cola a otras marcas de refrescos embotellados y los tabacos suaves a los fuertes. Su conversación, que se iniciaba bajo tan buenos auspicios, no pudo prolongarse mucho porque al piloto le urgía que el pastor Williams firmara el visto bueno de los artículos que había transportado. Varios rollos de película de 16 milímetros, algunas cajas de antibióticos y un paquete de ejemplares de los Evangelios y otros libros y revistas. No le era posible esperar porque partiría de regreso a Tuxtla al día siguiente, de madrugada.

Para Arthur el día siguiente también tenía planes definidos. Alguien lo guiaría por el campamento para que admirara sus instalaciones: una alberca de agua templada (el clima lo exigía así), un salón de actos en el que se efectuaban conferencias, exhibiciones de cine y hasta representaciones de aficionados al teatro. A la hora de comer disfrutaría de la invitación del pastor Williams y de su familia para acompañarlos.

La señora Williams —edad mediana, belleza que se marchitaba sin rebeldía, dos hijos— se mostró encantada con la visita de Arthur. Cualquier novedad en este destierro, declaró sin cuidarse de que sus palabras fueran malinterpretadas como una descortesía, resultaba excitante. Tan excitante que era ésta la primera vez, en meses, que había intervenido personalmente en la elección del menú y hasta en la elaboración de los pastelillos. Porque las cocineras indias, lo mismo que lo demás de la servidumbre de que su marido la había provisto, más bien servían de estorbo que de ayuda.

—Son estúpidas, sucias, tercas, hipócritas...

—Por favor, Liz —la interrumpió el pastor, tendiendo hacia ella una bandeja con refrescos—. Recuerda que prometiste tener paciencia.

Liz sonrió casi entre lágrimas y se bebió de un sobro gran parte del contenido de su vaso.

—Voy a ver si la comida está lista —dijo.

Y abandonó la habitación con pasos rígidos y deliberadamente ruidosos.

A la mesa se sentaron los tres. Los niños, explicó Liz, estaban fuera. Y bueno, esperaba que nadie protestaría por eso. Los niños no saben más que interrumpir las pláticas de los mayores, hacer preguntas tontas y derramar cosas sobre el mantel.

—Es resultado de la educación que reciben —dijo con displicencia el pastor Williams.

—¿Y he de ser yo la única que los eduque? Tú estás siempre fuera. Y los niños no ven más que malos ejemplos por todas partes. El otro día encontré a Ralph llorando porque no tenía piojos como los nativos.

Las mejillas de Liz llameaban. En ese momento entró al comedor una india llevando una fuente de carne que depositó con torpeza junto al pastor.

—¿No te he repetido mil veces que la que sirve la comida soy yo?

Era la voz de Liz, colérica. La india abatió los párpados, sonriendo, sin comprender, sin rozar apenas el suelo con sus pies descalzos, volvió a la cocina.

—¿Han visto? —se quejó Liz al pastor, a Arthur, a todos. Y todavía pretenden que los niños se eduquen.

—Querida, a nuestro huésped no le interesan los problemas domésticos.

—¡Perdón, señor Smith! Y además qué absurdo, perder el tiempo en tonterías cuando hay tantas cosas interesantes que comentar.

Liz hablaba como si temiera que alguna operadora invisible, como la de los teléfonos, fuera a cortarle la comunicación. De prisa, ansiosa. ¿Qué tal Nueva York? ¿Era de veras tan enorme como decían? Ella nunca pudo conocerlo, como tampoco pudo conocer Hollywood, ni Florida, ni Las Vegas, ni las cataratas del Niágara. En cambio, dijo mirando con ironía a su marido, había conocido Ah-tún.

—Sírvenos el café, por favor.

Sentados en el porche, con la cafetera de cristal refractario ante ellos y con sendos cigarrillos, de marcas iguales, encendidos, Arthur y Williams quedaron a solas.

—Creo que Liz necesita unas vacaciones. Ha estado aquí demasiado tiempo.

No la mencionó más. Arthur esperaba que ahora el pastor le especificara las tareas que iba a encomendarle en el campamento. Pero no fue así. Se limitó a recomendarle que procurase conocer el ambiente, relacionarse con los demás.

Arthur fue, poco a poco, distinguiendo a sus compañeros, enterándose de sus profesiones y sus actividades, aunque muchas de ellas no acertaba cómo hacerlas encajar dentro de un marco de acción estrictamente religiosa. Había, por ejemplo, un botánico que se dedicaba a clasificar las especies raras de la región; un geólogo que llevaba al cabo investigaciones sobre la edad y variedades de las piedras; otros especialistas que levantaban mapas o elaboraban gráficas sobre el número de habitantes de la zona, sus costumbres, su nivel cultural, las enfermedades a las que eran más susceptibles y los índices de mortalidad y natalidad.

Los técnicos eran gente eficaz y bien remunerada. En sus esposas se encontraba, a menudo, el descontento de Liz. Aunque alguna se divirtiera pensado en cómo iba a asombrar a sus amistades de Iowa cuando les contara las aventuras de Ah-tún.

Los niños norteamericanos asistían con regularidad a la escuela y el tiempo libre excursionaban por los alrededores. Sus padres les prohibían, invariablemente, tres cosas: que tomaran agua sin purificar, que establecieran amistad con desconocidos (sobre todo si eran nativos) y que se demorasen hasta después del anochecer.

La segunda recomendación, por lo menos, era superflua. Ninguno de los niños hablaba otro idioma más que el inglés, totalmente ignorado por los ladinos de la zona. Algunos indios (los que servían en las casas del campamento, o ayudaban como peones a los técnicos o concurrían con excesiva regularidad a las ceremonias religiosas) habían logrado aprender algunas palabras. Pero su timidez, su índole reservada, su ancestral respeto a los caxlanes les impedían pronunciarlas más que entre sí.

—Como usted ve —explicó por fin el pastor Williams a Arthur—, un lingüista nos era indispensable. Lo que urge es que iniciemos la traducción del Evangelio al tzeltal. Sólo así será posible predicarlo con eficacia.

—Y para que la buena nueva se difunda más, también podríamos imprimir folletos, repartirlos gratuitamente.

El pastor Williams sonrió.

—Es inútil. Los nativos de esta zona no están alfabetizados.

—Entonces ¿por qué no abrir una escuela?

—Tómelo con calma, amigo Smith. No se puede lograr todo al mismo tiempo. Cuando decidimos establecernos aquí lo esencial era que saneáramos la región. Había de todo: paludismo, parasitosis, tifoidea. Si no hubiéramos principiado por esto, los primeros en perecer habríamos sido nosotros.

—¿Y ahora?

—Hay que mantener las instalaciones. Los filtros purificadores, las pistas de aterrizaje, la alberca.

—Yo he visto que los indios trabajan allí sin cobrar.

—Sí, es su forma de demostrarnos su gratitud. Pero lo que resulta caro son los aparatos, los aviones, por ejemplo, que deben estar siempre en condiciones de disponibilidad.

Arthur había creído, al principio, que únicamente el helicóptero era indispensable. Pero ahora los hangares estaban ocupados por tetramotores.

—Hubo que construir el campamento —continuó con orgullo el pastor Williams. Cuando nosotros llegamos no había nada más que jungla. Ahora ya lo ve usted. Casi no tenemos motivo para sentir nostalgia del hogar.

Casi. Faltaba sólo la fuente de sodas, la sucursal de banco.

—Bien —concluyó Williams. Su tarea en Ah-tún consistirá en hacer las traducciones de que hablamos. Tómese su tiempo, amigo, porque no nos corre ninguna prisa. Y no es necesario que proceda por orden. Yo le iré señalando los versículos que se leerán y se comentarán en las reuniones dominicales.

A Arthur Smith le fue asignado un ayudante: un joven indígena —Mariano Sántiz Nich—, que hasta hoy no había cedido a nadie su primer lugar en conocimiento del inglés.

Arthur y Mariano trabajaban en un salón espacioso, ante una mesa cómoda, con todos los elementos de los que iban a hacer uso, a su alcance. Mariano, dócil como correspondía a su condición, se sentaba ante el otro. Pero su esfuerzo mayor no consistía en concentrarse en los textos, ni en querer penetrar su significado, ni en trasvasarlos con exactitud de un idioma a otro. Lo más difícil era permanecer sentado, mirar los árboles y el campo desde lejos, al través de un vidrio, ejercitar la mano en un menester que no exigía rudeza.

A Mariano se le bañaba la cara y el cuello de sudor y cuando Arthur le pedía la correspondencia precisa de un vocablo, respondía con lo primero que se le venía a la mente. Y si el texto decía espíritu santo, Mariano interpretaba Sol y principio viril que fecunda y azada que remueve la tierra y dedos que modelan el barro. Y si decía demonio, no pensaba en el mal, no temía ni rechazaba, sino que se inclinaba con sumisión, porque después de todo el demonio era sólo la espalda de la otra potencia y había que rendirle actos propiciatorios y concertar alianzas convenientes. Lo que echaba de menos, porque no se mencionaba jamás, era la gran vagina paridora que opera en las tinieblas y que no descansa nunca.

Al cabo de los meses Mariano estaba casi acostumbrado al reposo. Pero entonces el pastor Williams dispuso que Arthur Smith y su ayudante iniciaran una labor más activa de predicación en el templo.

A las reuniones dominicales asistían ancianos de una consistencia ya mineral; hombres endurecidos por la fatiga; mujeres inclinadas bajo el peso de sus hijos. Miraban a su alrededor, secretamente decepcionados por la falta de adornos que en las iglesias eran tan abundantes. Pero aguardaban el sermón, como un suceso tan sobrenatural, que la primera vez que Arthur Smith subió al púlpito a pronunciarlo ante ellos, sintió vergüenza.

Por tratarse de un "debut" el pastor Williams había acordado a Arthur la gracia de la libre iniciativa. Y Arthur improvisó una modesta presentación de sí mismo. Dijo que venía de un país lejanísimo y que durante su viaje afrontó innumerables adversidades y peligros.

Ahora bien ¿qué lo había motivado a emprender tan temeraria aventura? El afán de difundir la palabra de Cristo; de que todos, hasta los que el "mundo" en su frivolidad y los "sabios" en su insensatez califican como los más pequeños, tuvieran la oportunidad de conocer el ejemplo del gran maestro, de imitarlo y de salvarse. Pero, añadió Arthur humorísticamente, este afán suyo no era desinteresado. Recordaba aquí una frase, habitual en los labios de su madre: "Nadie se salva solo. Si quieres salvarte tú, tienes que salvar a otro."

—Pues bien, hermanos míos en Cristo, vosotros no tenéis nada que agradecerme. Al contrario, el que os debe gratitud soy yo. Porque gracias a la labor que yo logre llevar a cabo entre vosotros, espero alcanzar lo que tanto anhelo: la salvación de mi alma.

Las reacciones del auditorio norteamericano fueron diversas e inmediatamente perceptibles. Liz sonreía con una tolerancia que estaba muy próxima a la burla. El pastor Williams dijo, aunque sin mucha convicción: "Bien, muchacho." Los demás le apretaron la mano con un gesto automático que más que felicitación era desconcierto.

Arthur no admitió la idea de un fracaso hasta que los especialistas respectivos dieron a conocer el resultado de la encuesta que se practicó entre el público nativo. Nadie había entendido nada. Y para colmo de males, Mariano Sántiz Nich, a quien suponían enterado de estos asuntos por ser el ayudante de Arthur, había estado divulgando la especie, si no subversiva, por lo menos irreverente, de que los "cristos" (como llamaban a los americanos y a quienes se apegaban a sus doctrinas) no podían presentarse al cielo, ante su dios, si no llevaban a un indio de la mano. Que este indio era una especie de pasaporte sin el cual se les negaba la entrada. Así, pues, eran verdaderamente hermanos de los otros y, aunque menores, indispensables.

El pastor Williams no se irritó, pero de allí en adelante fue implacable para exigir que Arthur no se apartara de la rutina establecida por él y por quienes lo habían antecedido. Arthur obedeció.

De las exposiciones teológicas, los asistentes a la reunión, rubios y morenos, sacaban poco en claro, sobre todo cuando se referían a las diferencias de matiz entre unas sectas protestantes y otras o cuando condenaban a la Cortesana de Roma. Pero esto servía a los indios de ocasión para recordar sus propios mitos, para quitar del rostro de sus antiguos dioses la costra que sobre ellos había depositado el tiempo, el abandono, el olvido y que los había vuelto irreconocibles.

A la hora de cantar los salmos los indios sentían que esa voz, temblorosa en algunos, desafinada en otros, a destiempo en los demás, era el momento único —en la semana de dura brega— en que les nacía algo semejante a las alas, en que se les desataba un nudo inmemorial, en que "la piedra del sepulcro era apartada".

Pero lo importante, según el pastor Williams, era inculcarles ciertas normas elementales de ética. Por lo pronto extirpar los vicios que estaban en ellos más arraigados. La tenacidad de su labor había rendido ya sus primeros frutos. Ahora podía presentar a sus feligreses ante cualquier visitante, sin temor de que ninguno fuera a suscitar un incidente desagradable.

Porque al principio muchos acostumbraban asistir a las reuniones en estado de embriaguez y otros no creían que constituyera una falta de respeto fumar en el interior del templo.

Poco a poco (son gente de buena índole, aunque cerrada de la cabeza, concedía el pastor) fueron doblegándose a los requerimientos hechos siempre en nombre de Cristo. En nombre de Cristo muchos dejaron de beber y de fumar, hasta el punto que esto había acabado por constituirse en el rasgo principal que los distinguía de los católicos de la zona, siempre entregados a borracheras, riñas y escándalos.

El pastor procuraba también extender entre su rebaño la práctica de la higiene más rudimentaria. Lo indispensable para que la aglomeración en el templo no produjera olores ofensivos para la pituitaria de los norteamericanos y para que ni éstos ni sus familiares corrieran el riesgo de llevar de regreso a su casa, escondido entre los pliegues de la ropa, algún insecto asqueroso, provocador de infecciones.

Con tal fin se habían instalado, en la proximidades del templo, unos baños públicos y periódicamente se hacían reparticiones gratuitas de brillantina perfumada con DDT.

La organización ganaba cada día nuevos adeptos. Pronto, aseguró el pastor Williams, se necesitaría ampliar el campamento, construir otros lugares dedicados a la oración, contar con nuevos colaboradores.

Arthur Smith esperaba el elogio para el granito de arena con el que estaba contribuyendo a semejante éxito. Las traducciones del Evangelio al tzeltal eran precisamente el elemento catalizador que hasta entonces había faltado. El elogio no llegó. Y Arthur Smith hubo de alegrarse de ello más tarde. Cuando empezaron a presentarse los problemas.

El primero fue con la misión de ayuda a los indios. A pesar de que la organización les había prestado su apoyo en casos de apuro (transportando en helicóptero a enfermos graves o a personajes distinguidos, haciendo préstamos de vacunas cuando había peligro de que se presentase una epidemia), la Misión objetaba algunos de los puntos teóricos que servían de base al trabajo de la organización.

En primer lugar no se preocupaban por castellanizar a los indios. Cuando uno de ellos salía del monolingüismo era para expresarse en una lengua extranjera a la cultura nacional: el inglés. Por otra parte no se le concedía ningún cuidado a la formación cívica. La organización no pronunciaba jamás ante los indios el nombre de México y si lo hacía no era para explicar que ellos, los indios, eran ciudadanos del país llamado así y que por lo tanto podían reclamar a su gobierno los derechos que les correspondían, pero también debían cumplir con las obligaciones que les eran exigibles.

En cuanto al aspecto educativo, la manera de encararlo que tenía la organización era, no sólo contraria sino contradictoria de la oficial, que se sustentaba en el artículo tercero de la constitución mexicana. La organización atribuía el origen del mundo y explicaba sus fenómenos a causas religiosas y probaba sus asertos con libros que consideraba directamente dictados por dios. El artículo tercero pugnaba por la enseñanza laica, sostenía que la razón del hombre era la única apta para guiarlo en el laberinto de hechos que tenía ante sí, la única capaz de establecer las leyes de causa y efecto (desestimando, como es natural, los milagros) y de encontrar las normas de conducta que enaltecieran y vigorizaran la dignidad humana.

Tales discrepancias dieron origen a un voluminoso intercambio epistolar. La misión elevó su protesta ante el gobierno del estado y no obtuvo más que el clásico lavatorio de manos de Pilatos y la promesa de remitir el asunto a la instancia superior del gobierno de la república. De allí recibió la misión un oficio en el que se invocaba la libertad de cultos "una de las conquistas más caras de nuestras revoluciones" y se asentaba que la organización cumplía con todos sus documentos en regla para operar en la zona, como estaba haciéndolo. Terminaba el oficio con un llamado a la concordia y a la cooperación. ¿Por qué dos organismos que perseguían metas comunes —aunque con métodos diferentes— tenían que rivalizar entre sí y obstaculizarse? El problema indígena era tan vasto y tan complejo que no podría solucionarse más que con la participación de todos: instituciones oficiales y particulares, sin tener en cuenta su nacionalidad ni su ideología.

La misión tuvo que resignarse y poner al mal tiempo buena cara. Pero el cura de Oxchuc, que defendía intereses mucho más concretos e inmediatos, se lanzó al ataque. Estaba en el mismo terreno de la organización. Si ésta esgrimía un cristo recién importado, él contaba con los siglos de tradición de su iglesia en la que no era necesario pronunciar ningún nombre, explicar ninguna doctrina, ni desentrañar ningún misterio. A él, personalmente, le había bastado, para ser próspero, hacer una gira anual por su parroquia, efectuando ciertas ceremonias a las que la indiada acudía en masa: bautizos, extremaunciones, matrimonios. Estas ceremonias, que a los ojos del indio no dejaban de tener carácter mágico (que ahuyentaba los poderes malignos, que haría llover a su debido tiempo, que multiplicaría las cosechas), se pagaban con magnanimidad. El cura regresaba a Ciudad Real a disfrutar, durante meses, de sus ganancias.

Pero esas ganancias estaban mermando a últimas fechas. Primero fue el paraje de Ah-tún, insignificante, el que dejó de entregar diezmos y primicias al párroco. Se podía tolerar y se explicaba por la presencia de los gringos. Pero los gringos no iban a echar raíces en la zona tzeltal. Tienen fama de comodines, no son capaces de mantenerse mucho tiempo tan lejos de la civilización.

El cura de Oxchuc se desengañó pronto. Supo que los gringos no se privaban de nada y que cada vuelo del helicóptero traía nuevos elementos para completar su equipo y nuevas gentes para aumentar su personal.

Evidentemente la organización había planeado un establecimiento definitivo en Ah-tún. Entonces el cura de Oxchuc recurrió al consejo del obispo de Chiapas que residía en Ciudad Real.

Allí se convocó urgentemente a un cónclave en el que sacerdotes urbanos y rurales se sometieron a largas deliberaciones. El resultado de ellas fue que el clero católico reconoció haber cometido una negligencia en el cuidado de su rebaño. De eso se había aprovechado el lobo para entrar al redil y devorar a sus anchas los corderos. Era necesario reparar, cuanto antes, el error.

Se inició una intensa campaña que abarcaba todo el municipio de Oxchuc. Al párroco titular se agregaron otros, muchos, que comenzaron a visitar las pequeñas aldeas, los parajes aislados. Era un sacrificio porque no contaban más que con los medios de transporte más primitivos e incómodos.

Desde los púlpitos los curas tronaban contra la cizaña que estaba extendiéndose desde Ah-tún. Hicieron historia de los cismas. Desenmascararon los vicios secretos de Lutero y de Calvino, exhibieron la lujuria de Enrique VIII, condenaron el escepticismo de los monarcas franceses. Los indios escuchaban atónitos. Pero los curas acababan por desembocar en algo que estaba muy próximo y que cualquiera podía palpar por su propia experiencia: los tzeltales estaban divididos. Había unos, los cristos, que no fumaban ni bebían para sentirse superiores a los otros que, más humildes, más fieles, conservaban celosamente las costumbres de sus padres y de sus abuelos.

De esta situación, continuaba la silogística implacable de los curas, no podían sino derivarse males terribles. El castigo de dios, hijos míos. El rayo que cae sobre el caminante, la fiebre que consume a las criaturas, el hambre que no se aplaca porque no hay maíz, el brujo cuyos maleficios nadie puede conjurar. Y en las tinieblas de la noche, el Negro Cimarrón arrebatando doncellas; la Yehualcíhuatl atrayendo a los varones a la perdición y a la muerte; el esqueleto de la mujer adúltera, cuyos huesos entrechocaban lúgubremente, como un anuncio de la desgracia.

Los indios salían de la iglesia anonadados de angustia y rabia. Iban directamente a los expendios de trago del pueblo y se emborrachaban de golpe. En el camino de regreso a su jacal desenvainaban el machete y rasgaban el aire con tajos torpes y feroces que partían algún tronco indefenso de árbol.

Los cristos procuraban evitar los malos encuentros peligrosos. El domingo, día sagrado, lo pasaban en el templo cantando y orando alternativamente y al anochecer volvían a sus parajes por veredas poco frecuentadas y aun por caminos improvisados.

De sus inquietudes y temores no hicieron partícipe al pastor Williams. Y los meteorólogos del campamento de Ah-tún, tan atentos a las más nimias variaciones de la atmósfera y tan minuciosos para registrarlas, no advirtieron que una nube de tormenta se estaba formando a su alrededor.

Por lo demás todo seguía su ritmo de costumbre. Mariano Sántiz Nich continuaba asistiendo con puntualidad a su trabajo. Sólo faltó el día de la muerte de su hijo mayor. Pero al día siguiente ya estaba de nuevo, muy tieso en su silla, dispuesto a cumplir las órdenes de su superior.

Arthur no sabía cómo empezar. De algún modo tenía que referirse a la pérdida que acababa de sufrir Mariano. Seguramente existían entre los indios fórmulas para expresar los sentimientos en casos semejantes. Pero Arthur no las conocía y temía proceder sin tacto si hacía uso de sus fórmulas propias. Pero otro hecho, además, lo desconcertaba. ¿Qué importancia tenía para Mariano la muerte de su hijo? A juzgar por su actitud, ninguna.

—¿Cuántos años tenía? —preguntó Arthur, al fin.

—Iba para los doce.

(Entonces este hombre tuvo que engendrarlo casi a esa misma edad. Y su mujer es aún más joven que él. Matrimonios tan precoces deberían estar prohibidos por la ley, pensó Arthur.)

—¿Y de qué murió?

Era como hurgar en una herida. Pero aparentemente no había herida.

—De calentura.

—¿Pero qué dijo el médico?

—Que el mal se llamaba tifoidea.

—¿En tu casa no hierven el agua que van a beber?

—No.

—¿Es que nadie te ha enseñado que el agua que toman ustedes está llena de microbios y que los microbios son los que producen esa enfermedad?

Mariano hizo un gesto ambiguo. Su indiferencia exasperó a Arthur.

—Si hubieran hervido el agua tu hijo estaría vivo.

No hablaba así por crueldad. Mariano tenía otros hijos; también estaban en peligro de morir.

El ayudante de Arthur no pareció muy afectado ni convencido por el argumento.

—Mi hijo mayor está en el cielo. Allá no hay hambre, no hay frío, no hay palo. Allá está contento.

Y se inclinó sobre el cuaderno que tenía enfrente, dispuesto a comenzar a escribir.

Esa noche Arthur Smith buscó al pastor Williams para comentar este episodio que lo había turbado. Pero encontró su casa a oscuras y, a pesar de que estuvo llamando más de un cuarto de hora, no le respondió nadie. Un vecino se asomó por la ventana para informarle que Liz se había marchado a pasar unos meses de vacaciones en los Estados Unidos. Que los muchachos la acompañaban y que el pastor estaría, probablemente, aprovechando esta ausencia.

La manera que tenía el pastor de aprovechar la ausencia de su familia no era conocida, a ciencia cierta, por ninguno, pero era reprobada con energía por todos. Unos supusieron que frecuentaba los burdeles de Tuxtla o de Ciudad Real; otros que mantenía una querida de planta de Oxchuc, una mestiza descuidada y vejancona; los últimos, que hacía visitas pastorales a las chozas de los nativos en las horas en que los hombres estaban en la milpa.

Arthur no quiso dar oídos a estas murmuraciones. Después de todo ¿de dónde procedían? De mujeres malévolas, ociosas, que se pasaban el día entero pintándose las uñas y que no llenaban su mente más que con inmundicias de las "historias confidenciales", de los "romances verdaderos" de las mezclas de "sexo y violencia" que recibían ávida y semanalmente gracias al helicóptero.

En cuanto a los hombres... Algunos podían pasar. El botánico, por ejemplo. Estaba siempre absorto en las nervaduras de una hoja o calculando cifras vertiginosas para determinar la juventud o vejez de una planta. Los seres humanos, incluyendo en el género a su esposa, no le interesaban. Era afable con todos porque eso facilitaba el trato y evitaba fricciones que luego requerían más atención. A los nativos los distinguía de sus compatriotas por el olor (lana percudida ¿o qué era?) y como ese olor le era desagradable, procuraba mantenerse a distancia de ellos. Por lo demás, en su trabajo no necesitaba más que el ocasional auxilio de un guía.

El geólogo ya era otra cosa. Padecía un fanatismo ambulante cuya constancia radicaba únicamente en la ferocidad de sus manifestaciones. Unas veces la exaltación tenía como objeto el poderío de su país, a cuyo engrandecimiento y mantenimiento contribuía él en la actualidad de un modo oscuro y anónimo, aunque eficaz. Pero en caso necesario, juraba, estaba dispuesto a defenderlo aun a costa de cuantas vidas tuviera disponibles.

En otras ocasiones enarbolaba su rayo exterminador contra los herejes, tanto en el terreno religioso como en el político y aun en el de los eventos deportivos. La pureza, perfección e infalibilidad a las que él servía de núcleo, deberían de ser preservadas contra todo tipo de contaminaciones. Y el geólogo rehuía, con una intermitencia incoherente, a los que le parecían portadores de gérmenes de contagio. En esos días el papel lo desempeñaba el pastor Williams. En sus escapatorias había caído en ignominias aún mayores que las del piloto del helicóptero o las del radiotécnico. Ellos, aparte de ser más útiles a la nación en un momento de peligro, se conformaban con mirar fotografías de mujeres desnudas. Y de mujeres americanas, además. En cambio el otro...

Lo que faltaba, concluyó el geólogo, era que en el campamento de Ah-tún se estableciese una Comisión Depuradora de Honor y Justicia. Podría funcionar efectuando asambleas mensuales en las que se examinara públicamente la ortodoxia de todos y de cada uno, para premiar al que lo mereciera y para no permitir que quedara impune el que hubiese cometido alguna falta. ¡Cuántas cosas saldrían a relucir! ¡Cuántas sorpresas se llevarían todos!

—¿No sería un poco indiscreto? —se aventuró a insinuar Arthur.

No, rebatió vigorosamente el geólogo. Eso era poner en práctica el verdadero espíritu democrático americano. Un espíritu que, lejos del hogar, corría el riesgo de corromperse.

Arthur Smith no se opuso a estas aseveraciones por un temor instintivo a que su ortodoxia fuese la primera que se pusiese en duda. Y se despidió cordialmente del geólogo. Pero todas sus precauciones no fueron suficientes. A lo largo de la calle lo siguió la mirada suspicaz, de ave de rapiña, de su interlocutor.

Como Williams tardaba en volver, Arthur recurrió al médico. Quería que le explicara la muerte del hijo de Mariano, que la justificara si era posible.

Arthur tuvo que dar muchos detalles para que el médico llegara a identificar a quién estaba refiriéndose. ¡Ah, sí! Lo había atendido a última hora, cuando ya no había nada que hacer. Los nativos nunca creen que algo es grave hasta que ya no tiene remedio.

—Pero la tifoidea es curable, doctor. Hay antibióticos...

De cualquier manera en este caso habrían sido inútiles. Aun aplicados oportunamente. El niño había llegado a un punto extremo de desnutrición en el que no podía soportar ni siquiera un catarro.

—¿Pero no podrían tomarse precauciones para que casos semejantes no se repitan?, insistió Arthur. La organización enviaría alimentos, nosotros los repartiríamos.

—La organización tiene una oficina especial para los asuntos de dietética. Muchas fábricas le regalan excedentes de sus productos y en el territorio de los Estados Unidos ha hecho un arreglo con las compañías ferrocarrileras para que transporten gratuitamente esta clase de carga. Podríamos llenar, hasta los topes, las bodegas del campamento Ah-tún con latas de leche en polvo, paquetes de cereales y muchos otros tipos de alimentos en conserva.

—¿Entonces por qué no lo hacen?

—Lo intentamos una vez. Todo marchó bien hasta que la carga llegó a la frontera del río Bravo. Allí se detuvo. Los trenes mexicanos exigían el pago de fletes. Y sus tarifas son muy elevadas.

—¡Pero la organización tiene dinero de sobra para pagarlas!

—Claro que lo tiene. Pero era una cuestión de principios. En un acto de beneficencia debía de colaborar el país beneficiado, que era México. Ahora la organización no envía alimentos más que a los países donde la red de ferrocarriles es nuestra.

—Así que no nos queda nada qué hacer.

—No va usted a juzgar una obra tan importante como ésta, por un caso aislado. Aquí están las estadísticas, mírelas, compárelas. Un niño se muere, pero muchos otros se salvan. Tenemos penicilina, sulfas, reconstituyentes...

—Sí, se salvan para seguir sufriendo hambre, frío, palo. Después de todo creo que Mariano tenía razón.

—¿De qué está usted hablando?, preguntó el médico.

—De nada, doctor. No me haga caso. Estoy un poco nervioso. Hace noches que no puedo dormir.

—Aguarde un momento. Le voy a dar un sedante.

Era un frasquito de píldoras rojas.

—Sólo una, antes de acostarse. Y únicamente cuando considere que ha llegado al límite.

Esa noche Arthur Smith durmió como no había dormido desde su infancia: profunda, sosegadamente, sin sueños, sin esas imágenes furtivas a las que perseguía sin lograr nunca darles alcance. Despertó con la sensación un poco vaga de que había estado a punto de descubrir algo importante, muy importante. Pero pronto esta nebulosa fue sustituida por la robusta certidumbre de que todo estaba en orden.

Arthur cantó (¿desde cuánto tiempo atrás no lo hacía?) mientras tomaba una ducha; desayunó con apetito y, fresco, despejado, eufórico, se dispuso a trabajar.

Mariano estaba frente a él, pero su presencia no evocaba ningún pensamiento grave. La muerte —de los seres queridos, la propia— el vínculo que los había atado un momento el día anterior, estaba roto. Ahora se extendía nuevamente entre ellos una mesa llena de papeles que uno conocía y el otro ignoraba.

Poco después de las once llegó un recadero indígena a avisar a Arthur que el pastor Williams estaba de regreso y que lo aguardaba en su despacho.

—¿Hay algún problema?, le dijo a modo de saludo. He sabido que rondaba usted por el campamento como perro sin dueño.

—Pues en realidad, respondió Arthur, no sé cómo llamarlo. Ha ocurrido algo penoso.

(¿Penoso? Arthur no sentía ya dentro de sí ningún rastro de pena.)

—¿La muerte del hijo de Mariano?

—¿Cómo lo supo usted?

—Estuve presente allí, hasta el último momento. Consolándolos, como era mi deber.

Arthur vaciló antes de continuar.

—Bueno, pues no sé por qué, de pronto, se me vino a la cabeza la idea de que esa muerte podía haber sido evitada.

—Recuerde lo que está escrito: "No se mueve la hoja del árbol sin la voluntad del Señor".

—Sí, pero nosotros tenemos la obligación de poner todo lo que esté de nuestra parte para conservar lo que es valioso. Y la vida de un niño, aun cuando ese niño sea indio, vale.

—¿Está usted insinuando que el doctor ha procedido con negligencia?

—No, ya me ha explicado que el hijo de Mariano estaba muy débil y que carecía de resistencias. Me explicó también que la organización está imposibilitada de enviar alimentos a México. Pero, ¿no se podría intentar alguna otra cosa?

—¿Tiene usted algo qué sugerir?

—Bueno, por lo pronto, el botánico podría ensayar cultivos nuevos, abonos, fertilizantes. Los indios comerían mejor.

—El botánico tiene una tarea muy concreta y útil.

—No lo dudo. Servirá, alguna vez, más tarde. ¡Pero mientras tanto una criatura se nos ha muerto de hambre!

—Además, continuó el pastor como si no hubiera escuchado la última frase de Arthur, aunque fue en la que puso más énfasis, confunde usted las especialidades. Un botánico no es un técnico agrícola.

—¿Y por qué no sustituirlo entonces por un técnico agrícola? Ya que la organización puede darse el lujo de pagar a tantos funcionarios, por lo menos que escoja a los que se necesitan con mayor urgencia.

—Usted sabe que la organización no es autónoma. Y que el criterio para decidir quiénes son más necesarios y quiénes lo son menos, en el campamento de Ah-tún, no es únicamente el suyo, sino también el del gobierno de los Estados Unidos.

La revelación aturdió momentáneamente a Arthur.

—Ahora comprendo lo que hacen aquí el geólogo, el radiotécnico y los demás. Nunca había podido entender de qué manera contribuían a difundir las enseñanzas de Cristo.

Hubo una pausa. Breve. Arthur insistió.

—Dígame usted, ¿entonces qué rayos están haciendo esos hombres aquí?

—El pastor Williams contempló a Arthur con algo peor que severidad. Con lástima.

—Protegernos.

—¿De quiénes? ¿De esos pobres indios que vienen a cantar salmos al templo?

—Con los nativos nunca se sabe de qué manera van a reaccionar ni qué es lo que urden en sus mentes primitivas y salvajes. Esos pobres indios, a los que usted se refiere, no son los únicos. Hay otros y son mayoría: los católicos, a quienes sus sacerdotes están tratando de lanzar en contra de nosotros.

El pastor Williams observó complacido la sorpresa en el rostro de Arthur.

—¿Quiere usted fumar un cigarro?

—Creo que lo necesito.

Williams alargó la cajetilla, abierta.

—¿Y en caso de que se produzca un incidente?

—No se atreverán a atacar el campamento. Saben de sobra que contamos con aviones, con armas.

—De todos modos el asunto no me gusta. Cristo predicó la paz.

—Pero también dijo: "No vine a traer la paz, sino la espada". Y usted mismo acaba de reconocer que cuando queremos lograr algo valioso es preciso que luchemos por ello.

Arthur dio la última fumada y aplastó la colilla en el cenicero.

—¿Por qué estamos luchando, pastor?

Williams no supo, de momento, qué responder.

—Es tan obvio...

—Sí, es obvio que nosotros, los norteamericanos, tenemos un patrimonio de ideales, de tradiciones, de riquezas y de intereses que conservar, que defender y si es posible que aumentar. Pero ellos, los indios, ¿qué tienen? Han perdido todo nexo con su pasado; el presente es agobiador. Y venimos nosotros, con aire de benefactores, a darles ¿qué?

—Voy a referirme al caso concreto que ha suscitado esta controversia. Usted ha visto a Mariano después de la muerte de su hijo ¿verdad?

—Sí.

—¿Le pareció desesperado, triste o siquiera inconforme?

—No.

—Pues eso nos lo debe a nosotros. Le hemos dado algo que no tenía: una esperanza para el futuro.

—Una esperanza es bastante para los nativos, como usted los llama ¿no? Pero no es suficiente para un ciudadano norteamericano. Ni usted, ni ninguno como usted, ni siquiera yo, se conformaría con la promesa de un banquete que se iba a celebrar en una fecha en un lugar indeterminados. Todos exigimos nuestra buena tajada de carne, nuestra ración suficiente de pan. Y la exigimos hoy.

—No entiendo adonde quiere usted ir a parar.

—Yo tampoco. Y perdóneme, pastor. He abusado de su paciencia.

—Si se siente usted alterado, mal...

—Ya hablamos de eso el doctor y yo. Resulta que, lo mismo que los indios, yo no necesito medicinas sino sedantes.

Sedantes. Arthur Smith se alegró de que hubiera llegado ya la hora de tomarlos. ¡Ah, qué falta le hacía dormir, súbita, totalmente, como una piedra, como un tronco!

Porque cuando estaba despierto, después de terminar su jornada de labor, Arthur Smith no sabía en qué emplear su tiempo. Como era soltero (¿quién hubiera podido sustituir a su madre?), las esposas de los demás lo miraban con recelo y no permitían a sus maridos que lo invitaran a sus casas. El único que, a veces, se rebelaba contra tal acuerdo tácito, era el radiotécnico a quien le gustaba jugar partidas de póquer y no siempre hallaba contrincantes.

—¿Y qué hay de los indios católicos? ¿Siguen alborotando?, le preguntó Arthur Smith.

El radiotécnico plegó y desplegó el naipe con una habilidad de tahúr.

—¡Pamplinas! No se atreven a intentar nada serio.

—Entonces ustedes, quiero decir, los que están aquí para defendernos, han de aburrirse de la inactividad.

—Los tiempos no siempre son tan tranquilos. No cesamos de vigilar. De repente cae un pez gordo y entonces desquitamos el sueldo. ¡Vaya que sí!

—¿Un pez gordo? —repitió Arthur que no había comprendido.

—Contamos con un archivo completo de fotografías, de filiaciones. Hay quienes han recurrido hasta a la cirugía plástica para desfigurarse. Como en el caso de John Perkins, ¿recuerda usted? Creyó que lograría despistarnos. Lo habían perseguido, durante meses, todas las policías de los Estados Unidos. Logró burlarlas y llegar hasta la frontera de Guatemala. Allí fue donde nosotros lo capturamos.

—¿Y qué delito había cometido?

El radiotécnico repartió las cartas.

—Espionaje.

El juego iba a ser reñido. Pero Arthur Smith no podía concentrarse en él.

—¿Lo juzgaron?

—¿A quién? ¿A Perkins? Naturalmente. Fue un proceso sensacional. Ocho columnas en todos los periódicos. El asunto se discutió mucho porque la condena se basaba en pruebas circunstanciales. Y Perkins juró que era inocente hasta el momento en que lo sentaron en la silla eléctrica.

Arthur Smith tuvo un amago repentino de náusea.

—¿Qué pasa con usted?, preguntó bruscamente el radiotécnico. Está muy pálido. ¿Quiere un whisky?

—No, no se moleste, respondió Arthur poniéndose de pie. Creo que lo que me hace falta es un poco de aire fresco.

Este tipo no tiene agallas, sentenció el radiotécnico al verlo salir.

Arthur se alejó de la única calle del campamento y llegó hasta la orilla del río. Desde esa soledad podía contemplar el brillo de los astros puros. Pero algo en sus ojos —algo trémulo, irritante— le impedía distinguirlos bien.

A la hora de acostarse Arthur decidió no tomar los barbitúricos.

—¿Por qué he de tener miedo? Como dice el pastor Williams estamos protegidos. Los perros de presa nos cuidan. Tienen buen olfato, buenos colmillos. El radiotécnico me los acaba de enseñar.

Y de pronto Arthur Smith advirtió que estaba sudando y que su sudor era frío, como cuando la angustia o el terror son intolerables.

—Al que le temo no es a mi enemigo, sino a mi guardián.

Automáticamente alargó la mano hacia el sitio donde estaba el frasco de las píldoras rojas. Al darse cuenta de que no le quedaba más que una y que, como se había acostumbrado a tomar dosis más altas ya no le era suficiente, volvió a vestirse con apresuramiento y fue a despertar al médico. Tuvo que inventar una mentira: el frasco se le había roto, las pastillas se fueron por el lavabo.

—Debería usted procurar prescindir de ellas. El hábito es perjudicial.

—No tema por mí, doctor. Estoy bien protegido.

Como lo está el preso en la cárcel. Tal fue la última reflexión que hizo Arthur. Un minuto después roncaba.

Los despertares de Arthur Smith ya no eran tan placenteros como antes. Sentía una molestia en el estómago, la cabeza le zumbaba como si estuviera hueca y percibía cierta dificultad para coordinar sus pensamientos y para hilvanar sus frases. Pero todos estos inconvenientes tenían una compensación; la indiferencia con que podía ver lo que estaba sucediendo a su alrededor.

En cambio los demás parecían muy excitados. Liz escribió al pastor notificándole que había entablado una demanda de divorcio alegando crueldad mental y la gente del campamento cruzaba apuestas sobre la actitud que Williams tomaría. ¿Iba a instalar en su propia casa a la querida de Oxchuc? Ésa era una afrenta que ninguno estaba dispuesto a tolerar. ¿Reconocería como suyo al hijo que había tenido con una nativa? El parentesco no era una hipótesis de los maledicentes sino una evidencia que la semejanza hacía innegable. ¿Pediría un permiso para emprender un viaje a los Estados Unidos y tratar de reconciliarse con su esposa?

El pastor Williams, ajeno a estas especulaciones, se mostraba preocupado por otro tipo de dificultades: los católicos habían empezado a pasarse de la raya, verdaderamente. Su última fechoría consistió en ir a buscar a su milpa a uno de los cristos y amenazarlo de muerte si no se acababa, allí mismo, frente a ellos, una botella de aguardiente y si no fumaba todos los cigarros que le ofrecieran. El cristo había cedido a las amenazas, pero dos días después, en cuanto se le pasaron los efectos de la borrachera y de la intoxicación por el tabaco, se presentó al templo de Ah-tún a confesar públicamente su cobardía —¡y debió morir como un mártir!—, a declararse indigno de pertenecer a esa comunidad de elegidos y a pedir expiación para su culpa.

El pastor Williams exhortó a la reunión de fieles a que se inclinasen a la benevolencia. Pero los nativos volvieron la espalda al penitente y más de uno, al pasar cerca de él, lo escupió. El condenado no levantó la cabeza. Abandonó el templo, su paraje, su familia y se fue al moridero de la costa.

En alguno de los días siguientes Arthur preguntó a Mariano, con displicencia, pues la respuesta no le interesaba mucho, qué habría hecho él en el caso del apóstata. Mariano dijo que no quería pecar, que no quería condenarse. Que cuando muriera iba a estar junto a su hijo mayor, en el cielo. Allí ya ninguno podría separarlos.

Ésta fue, quizá, la única alusión al incidente que los norteamericanos acabaron por considerar sin importancia y sin consecuencias.

Pero los indios tienen una memoria caprichosa. Olvidan los favores (¡han recibido tan pocos y se los cobran de tantas maneras!) mientras que un agravio se les convierte en idea fija, de la cual se liberan únicamente por la venganza.

Y los mismos cristos que habían arrojado al apóstata del templo, como a una oveja sarnosa, fueron los que de noche, sigilosos, implacables, prendieron fuego al paraje católico de Bumiljá.

Las represalias fueron inmediatas. Asesinatos de cristos en las encrucijadas, saqueos de jacales, incendios de siembras.

Desde el altar mayor de la iglesia de Oxchuc el sacerdote bendecía.

Al campamento de Ah-tún las noticias llegaron deformadas por el odio y la alarma y al oírlas sus proporciones fueron aumentadas hasta lo inverosímil. Por esa necesidad, que experimentan los grupos confinados, de romper el tedio de los días iguales con un suceso extraordinario.

El pastor Williams convocó a sus colaboradores a una asamblea general en el salón de actos. Su propósito era discutir las medidas más prudentes ante la emergencia que se presentaba.

El geólogo propuso una acción rápida. ¿No estaban los aviones enmoheciéndose en los hangares? ¿Carecían acaso de un arsenal surtido? Pues bien, había llegado el momento de emplearlos. Un pequeño, limpio, eficaz bombardeo sobre Oxchuc y sus alrededores y los católicos aprenderían la lección.

Arthur Smith se puso de pie, lívido de rabia. Tartamudeaba. Era, dijo, un crimen contra gente indefensa —mujeres, niños, ancianos— inocentes de lo que estaba ocurriendo. Los verdaderos responsables son otros, finalizó. Y volvió a sentarse, sin aliento, enjugándose con el pañuelo lo que le humedecía la cara.

El pastor Williams hizo un comentario jovial acerca de la vehemencia de Arthur y agregó que él también se oponía al consejo del geólogo, aunque por otras razones. En su juventud ya lejana (se percibieron leves murmullos de protesta), había estudiado nociones elementales de derecho internacional. Un ataque, como el que el geólogo había propuesto, constituía, desde luego, la violación de un territorio extranjero.

A medidas semejantes no se recurría más que en el caso extremo de que estuvieran en peligro la vida o las propiedades de los ciudadanos norteamericanos. Pero no era ésa la situación actual y exagerar el rigor no redundaría más que en el perjuicio de las relaciones tan cordiales que existían entre los Estados Unidos y México. A la larga podría acarrear, incluso, la cancelación del permiso que la organización había obtenido para instalar una de sus filiales en Ah-tún. Y eso no era conveniente.

No, el plan del pastor Williams era mucho más sencillo, más directo y, acaso por eso mismo, más eficaz: entrevistarse con los verdaderos responsables, a los que Arthur había señalado, probablemente sin conocer ni sus nombres ni sus dignidades eclesiásticas. Eran Manuel Oropeza, obispo de Chiapas; Teodoro Hernández, cura de Oxchuc y otros de menor importancia.

La opinión del pastor Williams prevaleció sobre las otras no porque fuera la más razonable, sino porque el pastor había recuperado su prestigio y su autoridad moral gracias a la observancia de una conducta de divorciado sin tacha. Todos aquellos rumores (de frecuentación de lupanares, de contubernios con mestizas, de paternidades clandestinas), se redujeron a nada por falta de fundamento. El pastor, siempre localizable, siempre con testigos o con justificaciones para cada uno de sus actos, se mostraba discretamente triste en ocasiones oportunas; generosamente dispuesto a asumir toda la culpa cuando era necesario y deportivamente deseoso de que Liz encontrara un marido adecuado y una felicidad duradera.

Cuando la asamblea aplaudió su moción, aplaudía también al hombre que muestra su entereza en una coyuntura difícil, su coraje para sobrellevar las adversidades y su indomeñable espíritu optimista.

Mientras el pastor Williams permaneció en Ciudad Real, conferenciando con el Obispo y sus allegados, en el municipio de Oxchuc surgieron todavía algunos brotes aislados de violencia. Entre ellos la muerte, a machetazos, de Mariano Sántiz Nich.

Cuando Arthur lo supo se admiró de la insensibilidad con que aceptaba el acontecimiento. Después de todo, a pesar de la tarea común en la que se empeñaron tantos meses, no habían dejado de ser nunca extraños el uno para el otro.

Pero esa noche Arthur tuvo que tomar una dosis triple de barbitúricos.

Esperaba despertar embotado y, sin embargo, lo asaltó desde el primer momento una lucidez extraña y dolorosa. De pronto se dio cuenta de que podía recomponer, rasgo a rasgo, las facciones del que había sido su ayudante. De que, a pesar de que nunca se hubiera fijado en ello, ahora recordaba que tenía una manera peculiar de sostener el lápiz con que escribía; de mesarse los cabellos cuando el esfuerzo de atención era excesivo; de sonreír, como por dentro, cuando había logrado entender algo.

Arthur comprendió, por fin, que quien había muerto no era un número en las estadísticas, ni un nativo de traje y costumbres exóticas, ni una materia sobre la que se podía presionar con un aparato muy perfeccionado de propaganda. Que el que había muerto era un hombre, con dudas como Arthur, con temores como él, con rebeldías inútiles, con recuerdos, con ausencias irreparables, con una esperanza más fuerte que todo el sentido común.

Y en esta solidaridad, repentinamente descubierta por Arthur, había aún otro elemento. Mezclaba las palabras de su madre ("nadie se salva solo") con el complemento que, después de su primer sermón le añadió Mariano.

—Éste era el que podía salvarme si hubiera podido salvarlo yo. Mariano me habría abierto las puertas del cielo y habríamos entrado juntos, tomados de la mano.

Esta idea le produjo una desesperación repentina e intolerable. Quiso desecharla.

—Son locuras. Estoy perdiendo el dominio de mis nervios.

Desazonado, Arthur fue al consultorio del médico. Necesitaba un sedante más fuerte, dijo; el que le había recetado ya no le producía efectos.

—Iría contra mi ética profesional si le proporcionara a usted un medicamento que, a todas luces, le daña. Sus errores de conducta, en los últimos tiempos, podríamos atribuirlos al abuso de barbitúricos. Porque de otro modo...

Arthur, irritado por la negativa del médico, preguntó en tono desafiante:

—¿De otro modo qué?

—Tendríamos que juzgarlo más severamente.

—¡Jueces por todas partes, delatores, verdugos!

Y Arthur abandonó el consultorio dando un portazo.

El retorno del pastor Williams fue triunfal. En el informe que rindió a la asamblea dijo que había encontrado en la totalidad del clero chiapaneco, y especialmente en el obispo (hombre accesible, simpático y a quien no se le escapaba ningún aspecto de la cuestión) un espíritu conciliador. Que después de varias pláticas muy cordiales habían dejado claramente establecidas cuáles serían sus respectivas zonas de influencia y ambas partes habían aceptado el compromiso de respetarlas, con minuciosa escrupulosidad, para evitar, de allí en adelante, toda posible discordia.

—En suma, terminó el pastor, las cosas volverán a marchar como sobre rieles.

—¿Y la sangre derramada?

Era Arthur Smith, naturalmente. Y clamaba no por una sangre anónima, impersonal, sino por la sangre de hombres iguales a él, iguales a todos los demás, de hombres a quienes, si se les hubiera dado una oportunidad, un poco de tiempo, habrían llegado a ser sus amigos, sus hermanos. Clamaba por la sangre de Mariano.

Algunos sisearon la interrupción. Pero el pastor impuso silencio con un ademán que, a la vez, exigía obediencia a su autoridad y compasión para la oveja descarriada.

—Esa sangre que, después de todo ya no podremos recoger, no se ha vertido en vano. Uno de los familiares del señor obispo, sacerdote con vasta experiencia entre los nativos de Chiapas, tuvo a bien explicarme que, de cuando en cuando, era conveniente una sangría, como la que se aplicaba en la edad media a los amenazados de congestión. Pues bien, cuando los indios se lanzan unos contra otros, encuentran una válvula de escape para ese odio irracional, ciego, demoniaco, que les envenena el alma y que, de no hallar esa salida, estallaría en una sublevación contra los blancos.

—De modo, pastor Williams, que este viaje a Ciudad Real le ha servido para descubrir que entre la Cortesana de Roma y los Hermanos de Cristo existe una solidaridad de raza.

Otra vez Arthur Smith. ¿Es que no podía callarse?

—Y no sólo de raza. Recuerde usted nuestro origen común, nuestras tradiciones compartidas. Cualquier discrepancia teológica, cualquier distanciamiento histórico resulta fútil cuando los cristianos todos tienen frente a sí a un mismo enemigo.

—¿Cuál es? ¿El diablo?

El radiotécnico intervino ruidosamente. ¿Era posible que Arthur Smith no estuviese al tanto de los acontecimientos mundiales? Pues si quería remediar esta falla él, personalmente, estaba dispuesto a proporcionarle un aparato en el que pudiera escuchar todos los días, a la misma hora, la transmisión que se hacía, desde Norteamérica, de un boletín informativo.

—El diablo, si usted quiere llamarlo así, continuó el pastor Williams, como si la interrupción no se hubiera producido. Pero la mayoría lo conoce con el nombre de comunismo.

Arthur rió a carcajadas.

—¿Y quiere usted decirme dónde están los comunistas aquí? Yo no he visto, en toda la zona tzeltal que he recorrido, más que miseria, ignorancia, superstición, mugre, fanatismo. ¿Es así cómo se manifiestan o cómo se ocultan los comunistas?

—Alguna vez le hablé de la captura del espía John Perkins, dijo el radiotécnico.

—Oh, sí. Me olvidaba de felicitarlo por su gloriosa hazaña. Gracias a usted lo frieron en la silla eléctrica.

—¡No puedo permitir que un traidor me insulte!

Hubo un remolino en la sala. Alguien sujetó al radiotécnico; otros, como con repugnancia, detuvieron a Arthur. Ninguno se fijó en el geólogo y fue él quien descargó un puñetazo a Smith en plena cara.

El pastor Williams gritó con voz sonora e irrebatible.

—¡Señores, se levanta la sesión!

Mientras los demás se dispersaban en pequeños grupos de amigos, de cómplices, de hombres que no sabían sino arrimarse a otros, Arthur Smith volvió solo, a su solitaria habitación de la casa de visitantes.

Prendió la luz del baño y se contempló en el espejo del botiquín.

—Un golpe bien dado. Se ve que el tipo ese tiene práctica.

Se aplicó unas cuantas compresas de agua caliente sobre la parte adolorida y se dispuso a acostarse.

—No voy a poder dormir, pensó.

Pero era extraño. Esa certidumbre, que en otras ocasiones lo hubiera trastornado, hoy ni siquiera lo angustiaba. Y el miedo (¿cómo? ¿por qué?) se había desvanecido.

—Tengo toda la noche, toda una larga noche, y quizá toda la vida por delante para pensar. Necesito pensar mucho; necesito llegar a entender lo que sucede.

Porque ahora todo lo que antes era nítido y ostentaba un rótulo indicador se había vuelto confuso, incomprensible. Entre el lado bueno y el lado malo no había fronteras definidas y el villano y el héroe ya no eran dos adversarios que se enfrentaban sino un solo rostro con dos máscaras. La victoria ya no era recompensa para el mejor, sino botín del astuto, del fuerte.

Al otro día Arthur Smith se presentó a la oficina de Williams. Éste hizo el menor gesto de bienvenida.

—Supongo que entregará usted su dimisión.

—Pero no en los términos en que usted cree. Antes exijo que se me responda por el fraude que se ha cometido conmigo.

—¿Un fraude? ¿Está usted loco?

—En los Estados Unidos, en la organización, se me dijo que la Casa del Señor tenía muchas mansiones y que Ah-tún era una de ellas. Y luego resulta que no hay más que una fachada endeble, llena de cuarteaduras, detrás de la cual se esconden...

—¡Basta!

—Sí basta. No es preciso nombrar lo que usted conoce mejor que yo, puesto que lo solapa.

—La Religión y la Patria van siempre juntas. No tengo nada de que avergonzarme. Y en un momento de lucha...

—¿Por qué traer la lucha hasta aquí?

—Porque no hay un solo lugar en el mundo que no se haya convertido en campo de batalla. Porque América Latina es parte de nuestro hemisferio. Y porque en América Latina el comunismo está infiltrándose cada vez más.

—Es curioso. El comunismo se infiltra en los países donde pocos tienen el derecho a comer o a instruirse. Donde la dignidad es un lujo que no pueden pagar más que los ricos y la humillación es la condición del pobre. Donde un puñado de hombres dignos, instruidos y bien alimentados explotan a la muchedumbre de humillados, ignorantes y hambrientos.

—¿Ha terminado usted su sermón?

—No era un sermón. ¿Acaso no reparó usted en que no he mencionado ninguna de las grandes palabras? Ni el amor, ni la mansedumbre, ni el perdón. Ésas sirven para adornarse los domingos. Yo estaba pidiendo lo que debe ser el pan nuestro de cada día: la justicia.

El pastor Williams encendió con insolencia un cigarrillo.

—Le aconsejo que se mantenga usted lo más lejos posible de ella.

—Usted entendió policía: yo dije justicia. Y de ella el que debe alejarse es usted.

El pastor Williams aplastó el cigarrillo contra el cenicero.

—En cuanto a su partida del campamento de Ahtún, debe usted acelerarla. Entre los medios con los que haya contado para llevarla a cabo, debo advertirle que no incluya el helicóptero.

—Gracias. Lo suponía.

—Y le advierto también que he enviado un reporte muy completo a mis superiores de la organización, sobre la personalidad de usted, sobre su conducta en Ah-tún y sobre sus últimas actividades que al principio califiqué como arrebatos, pero ahora comprendo que obedecían a un propósito deliberado y funesto.

—Admiro su perspicacia, pastor.

—No trate usted de pasarse de listo. Ese reporte mío se distribuirá en los lugares precisos. Le hará la vida imposible en Norteamérica. No encontrará trabajo, porque nadie quiere dárselo a un traidor; no tendrá amigos, porque todos se apartan de un sospechoso, como de la peste.

—¿Y no me admitirían en la cárcel?

—Ni siquiera allí.

—¿Es que no tienen pruebas suficientes para acusarme?

—Es que no tiene usted importancia suficiente. El estado no va a mantener un holgazán.

—A veces resulta usted muy persuasivo, pastor. No voy a volver a los Estados Unidos. Por lo menos ahora, no.

—¿Piensa usted permanecer aquí? Sepa que ni los católicos, ni nosotros le permitiremos que viva en nuestras zonas de influencia.

—Pero hay otras zonas. Hasta luego, pastor.

Arthur Smith no alargó la mano para despedirse. Simplemente se fue. Llegó a su habitación a empacar sus cosas, las más indispensables, porque de hoy en adelante él mismo tendría que cargarlas.

Tomó un ejemplar del Evangelio, maltratado por el uso. Era un regalo de su madre y había sido su libro predilecto desde la niñez. Lo amaba. Pero ahora los demás se lo habían envilecido. Lo soltó.

—No quiero que me confundan con los otros.

Cuando Arthur atravesó la recta, única y larga calle de Ah-tún ninguno se asomó a verlo. Era la hora del episodio radiofónico. Sólo el pastor, detrás del vidrio de su ventana, murmuraba.

—Ese tonto, imbécil. Podría haber hecho una buena carrera.

Arthur caminó entre la sombra fresca, aromática y movible de los pinos. Luego sobre una planicie breve. Al atardecer se sentó a descansar contra una piedra.

¡Qué hermoso era el paisaje! ¡Y qué libre se sentía él porque nada de lo que estaba contemplando le movía a codicia, nada le despertaba el instinto de posesión!

—Bueno, Arthur, se dijo al fin. Es hora de hacer cuentas. Aquí estás, a la intemperie. De la noche a la mañana perdiste todos los puntales que te sostenían. Ya no hay más religión, ni patria, ni dinero.

Respiró sosegadamente. No experimentaba nostalgia, no sentía miedo ni desamparo. Igual que Mariano, no tenía más que esperanza.

—Soy joven. Y lo único que necesito es tiempo. Tiempo para entender, para decidir.

A lo lejos, en el crepúsculo, humeaba una choza, con ese humo escaso, vacilante, de cocina pobre. Arthur se encaminó a ella.

—Tengo hambre; quizá me den alojamiento por una noche. Alguna cosa habrá en la que yo pueda serles útil.

Arthur iba deprisa, ansioso de llegar.

—Será cuestión de ponerse de acuerdo. Por lo menos estos hombres y yo hablamos el mismo idioma.

La novela fundamental sobre la intervención francesa en México

Fernando del Paso

Noticias del Imperio

## Noticias del imperio

Han pasado 60 años de la muerte del emperador Maximiliano de Habsburgo. Recluida en el Castillo de Bouchout y envuelta en la locura, Carlota rinde testimonio del trágico y efímero segundo imperio mexicano, del amor por su esposo fusilado y de un tiempo que no volverá. La voz de la emperatriz es reflejo de un mundo que desaparece y del que ella es el último testigo. A dos décadas de su aparición, la fuerza y el poder evocativo de este libro se mantienen intactos. Fernando del Paso urde una novela coral donde, a través del testimonio de una multitud de personajes anónimos y célebres, asistimos a uno de los momentos más fascinantes en la historia de México. Esta obra monumental, donde la ficción y la historia se descubren indiscernibles, es primordial en la narrativa hispanoamericana y clave para entender el siglo XIX.

## Columbus

En este libro Ignacio Solares aborda un acontecimiento capital: la invasión a Columbus, territorio de EE. UU., por parte de uno de los personajes más entrañables del país, el general Francisco Villa. De esta forma, en *Columbus* conviven las referencias históricas con la ficción, el drama, la aventura, el humor y la ironía para retratar el apasionante mundo de una figura nacional y su relación siempre ambivalente con el imperio del norte. Con estos elementos el autor nos transporta por las desoladas estepas y los trenes revolucionarios, donde sólo se escucha un grito: "¡Viva Villa!"